닥터 K를 위한 변주

닥터 K를 위한 변주

초판발행일 | 2014년 11월 29일
2쇄 발행일 | 2015년 1월 17일

지은이 | 김연종
펴낸곳 | 도서출판 황금알
펴낸이 | 金永馥

주간 | 김영탁
편집실장 | 조경숙
인쇄제작 | 칼라박스
주 소 | 110-510 서울시 종로구 동숭동 201-14 청기와빌라2차 104호
물류센타(직송 · 반품) | 100-272 서울시 중구 필동2가 124-6 1F
전 화 | 02) 2275-9171
팩 스 | 02) 2275-9172
이메일 | tibet21@hanmail.net
홈페이지 | http://goldegg21.com
출판등록 | 2003년 03월 26일 (제300-2003-230호)

* 값은 뒤표지에 있습니다.

ISBN 978-89-97318-86-5-03810

시인 · 의사 김연종의 소통 에세이

닥터 K를
위한 변주

김연종 산문집

황금알

응답하라, 1994

누구에게나 인생의 전환기가 있다.

누군가 내게 질문한다면 나는 서슴없이 1994년을 지목할 것이다.

힘차게 밝아오던 1994년 새해를 뚜렷이 기억한다. 그 해 정초 나는 그토록 바라던 내과 전문의가 되었다. 대학 6년을 포함해 모두 11년의 수련과정을 마쳤고 곧바로 입대할 예정이었다. 소정의 군사훈련을 무사히 마치고 군의관으로 임관을 사흘 앞둔 날, 아버지가 돌아가셨고 곧이어 어머니마저 따라가셨다.

졸지에 고아가 되어버린 그 해 3월, 막내아들이 태어났다. 30여 년을 살다가 처음으로 고향을 떠났던 그 해는 내가 살아왔던 시절 중 가장 무더운 해로 기록되었다.

여름이 지나면서 세기말적인 징후가 하나씩 나타났다.

성수대교가 무너졌고 이듬해 삼풍백화점이 붕괴되었다. 민심은 점점 흉흉해졌고 급기야는 지존파까지 등장했다. 힘차게 출발한 문민정부가 민심을 달래지 못한 것처럼 텔레비전을 종횡무진 하던 유명 농구스타나 문화 대통령 서태지도 무너져 내린 내 마음 한 자락도 붙들지 못했다. 시간이 지나도 공허한 가슴은 채워지지 않

았다. 마른 귓가엔 요란한 기계음만 들리고 머릿속을 흐르는 고뇌의
골은 더욱 깊어졌다.

그때까지 나는 눈가리개를 착용하고 오로지 골인 지점을 향해 달
리는 1등급 경주마였다. 반복적으로 의학 용어를 암기하고 기계적으
로 환자를 보고 공식적으로 텍스트를 읽었던 가슴 텅 빈 휴머노이드
로봇이었다.

나는 눈가리개를 떼어내기로 결심했다.

나는 부모에 대한, 고향에 대한, 사회에 대한 결핍의 공간을 책으
로 메워 나갔다. 지금까지 숱하게 보았던 의학 서적이나 자연과학서
적을 뒤로하고 사회과학 서적이나 인문학 서적 이데올로기의 수정
을 필요로 하는 책 등을 닥치는 대로 읽었다.

어디선가 희미하지만 한 줄기 빛이 어른거렸다. 詩라는 문학 장르
였다. 그 빛을 따라 무작정 걸었다. 내 몸을 속속들이 비출 때는 너
무 밝아 혼절했지만 내면을 조명하기에는 턱없이 어두웠다. 넘어지
기 일쑤였고 다시 일어날 힘은 늘 부족했다. 건전지의 용량은 생각
지 않고 깜박이는 전구 탓만 했다.

미래를 예측할 수 없어 더욱 용감했던 도미노 시절, 안개등처럼

나를 이끌면서도 도무지 응답하지 않는 문학의 비탈길을 향해 날짐승처럼 날뛰었던 시절.

내 문학의 원년, 그 흉흉한 1994년을 나는 감히 그렇게 부르고 싶다.

전구를 갈아 끼우는데 빛의 속성까지 일일이 따질 필요는 없다. 어두운 속내를 밝히는 데는 빛의 본질보다 빛의 조도가 더 중요하다.

글을 쓰거나 사람을 사귀는 것도 마찬가지다. 일상적인 대화를 하거나 단순한 거래를 할 때 그 사람의 속성까지 죄다 알 필요는 없다. 서서히 사귀면서 그 내면을 하나씩 들추어 보는 것도 괜찮을 성 싶어 숙성되지 못한 글들을 서둘러 세상에 내어 놓는다.

이 글의 대부분은 4년 여에 걸쳐 월간 『좋은만남』에 연재한 것들이다. 의사 수필공모에 입상한 작품도 있고 다른 매체의 청탁에 응한 글도 있지만 좋은 만남이라는 지면이 없었다면 탄생하지 않았을 글이다. 마감시간에 쫓겨 쓴 것이어서 거친 글이 많다. 교정을 봐가면서 점차 제 모습을 찾은 경우도 상당수다.

　일찍 돌아가신 부모님을 대신해 가끔 그들의 존재를 질문하는 아들들에게 어떤 응답이라도 되었으면 하는 바람이다.

　늘 곁에서 응원하는 아내에게 조그만 선물이라도 되었으면 좋겠다.

　문단이라는 낯선 공간으로 이끌어주고 격려의 말을 아끼지 않은 이승하 교수님께도 심심한 감사를 드린다. 황금알출판사 김영탁 시인께 감사의 말을 전하고 싶다. 그가 아니었으면 이 책은 세상에 나오기 요원했을 것이다.

　마지막으로 자신의 의지와 상관없이 이글에 동참한 사랑하는 환자들께 이 책을 바친다.

2014년 가을
의정부 용현동
김연종

차례

6부
으악새 슬피 우니 가을인가요

1부

동네의원 동네의사

신출내기

모든 것의 시작은 위험하다.
그러나 무엇을 막론하고, 시작하지 않으면
아무것도 시작되지 않는다.
—니체 「인간적인 너무나 인간적인」

생명을 다루면서도 삶을 나약하게 만드는 의사가 있는가 하면 죽음의 경계에서도 삶에 대한 애착이 강한 환자가 있다. 때로는 강한 긍정만으로도 생명을 살리기도 한다. 말로든 행동으로든 삶을 긍정적으로 대하는 태도는 대부분 초심에 달려 있다.

신출내기 의사 시절이었다.

인턴인 나에게 처음으로 배정된 환자 역시 신출내기였다. 수술을 집도한 과장님을 제쳐놓고 기껏해야 수술부위를 드레싱 하는 신출내기 의사인 나와 병의 경과를 상의하는 것만 봐도 그가 신출내기 환자인 것이 분명했다. 초짜 인턴인 나를 구세주 모시듯 하는 걸 보면 환자 보호자도 초보이기는 마찬가지였다. 시도 때도 없이 해대는 보호자의 질문공세에 대처하기 위해 그의 차트가 너덜너덜해지도록 숙지해야 했다. 수술부위를 소독하는 것보다 그들의 걱정 가득한 얼굴 보는 것이 훨씬 더 힘들었다. 그는 동네의원에서 위암 판정을 받았고 연로한 나이에 쇠약할 대로 쇠약해진 상태라서 예후가 좋지 않을 거라는 말을 수차례 들은 터였다.

그러던 어느 날, 나는 그들이 너무 안쓰러운 나머지 별생각 없이 위로의 덕담을 건넸다.

"이제 수술이 잘되었으니 5년은 너끈히 사실 겁니다."

그 한 마디가 그토록 커다란 화근을 불러올 줄이야.

수술 후 5년 생존율은 수술을 마친 암환자들의 예후를 판정하는 기간이다. 만일 재발再發 없이 5년을 산다면 완치를 의미하는 말이기도 하다. 그래서 경험 많고 노련한 의사들, 특히 수술을 집도한 의사들은 5년이란 말에 매우 민감했다. 예후가 좋지 않거나 환자와 라뽀가 깨졌을 때를 대비한 것이다. 그런데 나는 환자를 위로한답시고 무심코 내뱉었던 것이다.

그때부터 환자와 보호자는 수술을 집도한 과장님을 제쳐놓고 나에게만 매달렸다. 덕담 한마디에 희망의 끈을 붙잡은 그들이야말로 지푸라기라도 잡는 심정이었을 것이다. 수술을 마치고도 비관적인 말만 늘어놓는 의사들 사이에서 무식해서 용감한 신출내기 의사를 만나 갑자기 용기백배해진 것이었다.

그때만 해도 말기 암환자의 생존율이 그리 높지 않던 시기였다. 나는 요리조리 그들을 피해 다녔지만 넥타이를 선물하고 집에서 담근 술을 내놓으며 애원했다. 나는 피가 마를 지경이었다. 급기야 내가 한 말이 수술을 집도한 과장님의 귀에까지 흘러들었다. 나는 과장님한테 호된 책망을 들어야 했다. 의사로서 기본자세마저 되어있지 않다. 모름지기 의사란 냉철한 이성과 부드러운 감성을 겸비해야 한다. 하지만 그 무엇보다 말조심이 우선이다.

그야말로 진퇴양난이었다. 그렇다고 한 번 내뱉은 말을 다시 주워 담을 수도 없었다. 그저 병이 재발하지 않기를 간절히 바라며 수술부위나 열심히 소독할 수밖에. 그 모습에 감동한 그는 더욱더 나에게 매달렸고 나는 될 수 있으면 눈을 맞추려 하지 않았다.

그러던 어느 날이었다. 갑자기 말수가 줄어들고 자신을 피하는 기색이 역력한 나에게 그가 넌지시 말을 건넸다. 과장님과 면담 중 그간의 사정을 다 알았으니 깊이 마음 쓸 필요 없노라고, 힘든 인턴을 마치고 전문의 수련 과정을 마치려면 5년은 더 고생해야 하니 조급하게 생각하지 말라고 오히려 나를 위로했다. 병원 밥을 오래 먹어 신출내기를 벗어난 그가 내 신분을 정확히 알아 버린 것이었다. 다행히 수술부위는 잘 아물었고 그는 퇴원했다.

그를 다시 만난 것은 서너 달이 지난 응급실 당직 때였다. 그는 항암치료 중이었다. 나는 신출내기 간호사가 챙겨준 항암제를 깡마른 그의 팔뚝에 주사했다. 그는 통증이 하나도 없다며 좋아했다. 문제가 생긴 것은 이틀 후였다. 주사를 맞고 나면 속이 니글거리고 머리가 수북하게 빠지는데 아무런 증상이 없어 다시 병원을 찾은 것이었다. 우리는 부랴부랴 차트를 확인했고 마땅히 그에게 투여되어야 할 항암제가 냉장고에 고스란히 남아 있는 것을 발견했다.

새파랗게 질린 신출내기 간호사가 벌벌 떨며 그의 앞에 섰다.

"죄송합니다. 항암제를 다시 투여해야 합니다."

그는 뒤집어졌다. 병원장을 불러오지 않으면 당장 고소하겠다고, 이제 좀 살 만하다 싶으니 다시 사람 죽이려고 작정을 했다고 병원이 떠나갈 정도로 고래고래 소리를 질러댔다. 이제는 내가 나서야 했다. 참을성이 한계에 다다른 그의 앞에 서니 진땀이 났다. 나는 더듬거리며 정중하게 사과했다.

"모든 게 저의 불찰이고 저의 실수입니다. 저혈당 환자에게 투여할 포도당을 잘못 주사했으니 다시 항암제를 맞아야 합니다."

거의 난동 수준이었던 그가 물끄러미 나를 쳐다보았다. 그때 나의 표정은 어땠을까. 아마도 드레싱을 할 때마다 나를 바라보던, 구원을 바라는 듯한 환자의 표정과 비슷하지 않았을까.

한동안 침묵이 흘렀다. 싸한 정적 끝에 그가 다시 입을 열었다.

"더는 문제 삼지 않을 테니 다시는 실수 없이 놓아 주세요."

모두 깜짝 놀랐다. 왜 갑자기 그의 태도가 180도 바뀌었는지 모두 의아해하는데 그가 말을 이었다.

"신출내기 의사라 그럴 수도 있겠지요."

더는 신출내기가 아닌 그가 여전히 신출내기인 나를 위로하는 것이었다.

인턴과정을 포함해 5년의 수련과정을 마칠 즈음 그와 다시 마주쳤다. 어디서 보았을까 하면서 기억을 더듬는 나와는 달리, 단번에 나를 알아본 그는 환하게 웃으며 다가왔다. 웬만큼 살집이 오른 건강한 노년의 모습이었다. 그동안 병원생활에 익숙해진 나도 여유가 있어 반갑게 그의 손을 잡았다. 그도 나도 신출내기 신세를 벗어났지만 신출내기 시절이 몹시 그리워졌다.

역시 그가 먼저 말했다.

"5년은 너끈히 살 거라는 선생님 말씀을 5년 동안 날마다 되새기며 용기를 잃지 않았어요. 이제 그 지긋지긋한 항암치료까지 모두 마치고 드디어 완치 판정을 받았습니다. 모든 게 이 병원에서 가장 용한 선생님 덕분이지요!"

잊고 싶었던 좌충우돌의 험난한 초보시절이 떠올라 얼굴이 화끈거렸던 나는, 그의 덕담에 졸지에 '용한' 의사가 되었다. 하지만 용한 의사란 말이 내 귀에는 자꾸만 용감한 의사라고 들렸다. 나만큼이나 용감한 그의 덕담 덕택에 비록 용한 의사는 아닐지라도 지금까지 여러 고비를 잘 견딜 수 있었던 것은 아닐까.

의사 고르기

남자친구 4분법이란 게 있다.

키도 큰 남자, 키만 작은 남자, 키만 큰 남자, 키도 작은 남자.

사람을 평가하는데 지나치게 외모를 강조한 면이 있어 씁쓸하기도 하지만 현 세태를 그대로 반영한 것이라는 생각이 든다. 언젠가 〈미녀들의 수다〉에 출연한 늘씬한 미녀가 키가 180cm가 되지 않는 남자는 루저라고 발언해서 사회적 파장을 일으킨 바 있다. 그 말로 인해 키 작은 남자들은 적지 않은 마음의 상처를 받았지만 이미 닫혀버린 성장판을 어떻게 하란 말인가? 많은 논란에도 큰 키는 여전히 남자들의 로망일 뿐이다. 키가 170cm에 못 미친 나 역시 연애시절, 키만 작은 남자가 될 것이냐, 키도 작은 남자가 될 것이냐로 고민한 적이 있다.

다행히 아내는 나를 키만 작은 남자로 인정해 주어 결혼에 골인할 수 있었지만, 내면의 키를 어떻게 키울 것이냐는 여전히 숙제로 남아 있다.

환자들이 의사를 고를 때도 마찬가지다.

의술이 뛰어나면서도 친절한 의사가 있는 반면 실력도 없으면서 불친절한 의사가 있으니 말이다. 물론 실력 있는 의사가 꼭 불친절하다는 말이 아니고 친절한 의사가 실력이 없다는 뜻은 아니지만, 왠지 이 둘은 상호 배타적인 느낌이 든다.

애써 설명하지 않더라도 유명 대학병원의 의사는 실력은 갖추었을지라도 좀 거만해 보이고 동네의사는 친절하기는 하지만 어딘지 실력이 부족해 보이는 건 어쩔 수 없는 현실이다. 나 역시 이 불편한 사실을 외면할 순 없어 친절 쪽을 택하고 있지만, 간혹 환자들이 의사 양반이 참 싹싹하고 친절하다고 말할 때마다 실력도 없으면서 애쓴다고 말하는 것 같아 얼굴이 화끈거릴 때도 있다.

그래서 열심히 학회도 참석하고 강의도 쫓아 다니지만, 대학에서 강의하고 연구하는 교수와 매뉴얼에 따라 진료만 하는 의사를 단순 비교하는 것은 아무래도 무리가 따를 수밖에 없다. 생동하는 의료현실에서 실력 있는 동네의사를 찾기가 쉽지 않듯이 바쁘고 긴박하게 돌아가는 대학병원에서 마냥 친절한 의사를 만나기는 쉽지 않을 테니까.

이제 의사는 인간의 삶에서 떼려야 뗄 수 없는 존재가 되었다.

마치 남자친구나 여자 친구처럼, 인생의 희로애락을 같이하는 사람 역시 의사이기 때문이다. 인간이 태어나는 순간 가장 먼저 맞닥뜨린 사람도 의사이고, 늙고 병들어서 아플 때마다 찾는 사람 역시 의사다. 마침내 생의 마지막에 이르러 임종을 고할 때 곁에 있는 사람 역시 의사일 것이다.

이렇듯 인간의 생에서 불가분의 관계를 유지하는 사이라면 의사 고르기 역시 남자친구를 고르듯 신중해야 하는 것은 당연한 이치 아닌가!

그렇다면 환자들은 어떤 의사를 선호할까?

물론 실력 있고 친절한 의사다.

실력 없는 의사는 다른 훌륭한 덕목을 갖추었다손 치더라도 의사로서의 자격을 갖추었다고 보기 어렵다. 그것은 직무유기이기 때문이다. 당연히 의사는 평생 공부하며 최신 의료지식을 습득해야 한다. 자기 위상에 걸맞은 실력을 갖추어 환자의 고통을 덜어주고 상처 입은 마음까지 헤아려 주는 가슴 따뜻한 의사야말로 이 시대가 바라는 진정한 의사 상이다.

흔히 의사가 지녀야 할 기본자세로 사자의 심장, 독수리의 눈, 그리고 여인의 부드러운 손을 말하기도 한다. 날카로운 이성과 뜨거운 감성을 두루 갖춘 의사 상을 염두에 둔 말일 것이다.

실력도 있으면서 친절한 의사가 분명 있기에 실력도 없으면서 불친절한 의사가 되지 않으려고 다짐해본다.

언제까지나 더는 자라지 않는 키를 탓할 수만은 없는 노릇 아닌가.

동네의원 동네의사

'원장님, 전화 바꿀까요?'

간호조무사의 목소리에도 이젠 짜증이 묻어 있었다. 오늘만 벌써 몇 번째인가. 나는 차라리 눈앞의 전화통을 집어던져 버리고 싶었다. 몇 번은 진료 중이라는 핑계로, 또 몇 번은 시술 중이라는 핑계로 그의 전화를 받지 않았지만, 간호조무사도 이젠 더는 어쩔 수 없다는 눈빛이었다.

동네의원 동네의사로 살아온 지 어느덧 10여 년, 웬만한 산전수전 다 겪어 이제 노련하게 대처할 때도 되었건만 아직도 참지 못할 그 무엇이 내 가슴 속에 남아 있단 말인가? 나는 끓어오르는 마음을 다독이며 수화기를 들었다. 그도 부아 끓인 내 심정을 아는지 조심스러운 목소리로 말문을 열었다. 하지만 채 몇 분도 지나지 않아 그는 여지없어 제 속내를 드러냈다. 험한 욕지거리와 함께 지독한 술 냄새가 전화선을 타고 수화기 저편에서 흘러들어왔다. 나는 다시 한 번 입술을 꼭 깨문 채 그의 말을 조용히 듣고 있다. 그 거친 욕설을 듣고 있는 사이 그와의 애증 어린 세월이 주마등처럼 눈앞을 스치고 지나갔다.

개원 초창기, 그와 처음 만났을 때만 해도 그는 매우 단정하고 예의 바른 청년이었다. 뿐인가, 그는 자신의 병에 대한 증세를 또박또박 조리 있게 설명하는 모범환자였다.

"저는 과거에 알코올 중독으로 치료한 적이 있는데, 현재는 글라우코마로 모 대학병원에서 외래 팔로우업 중입니다. 비피는 노말이지만 안압은 변동이 심해 자주 체크해야 되고, 장기간 다이아막스 복용으로 전해질 검사를 주기적으로 해야 합니다. 마일드한 패티리버로 금주를 해야만 좋아질 겁니다."

모든 대화를 의학 용어만 사용하는 그를 보고 처음에 나는 무척 놀랐다. 더욱이 그는 내가 진료를 하기도 전에 자신의 건강상태를 완전히 꿰뚫고 있었다. 자신의 병에 대한 진단 및 치료 방법, 예후까지도! 조리 있는 말투와 해박한 의학지식에 의사인 내가 오히려 주눅이 들 정도였다.

나는 무식하고 거만한 동네의사라는 소리를 듣지 않기 위해 부단히 책을 찾고 공부하며 동료 의사들의 자문을 구했다. 더욱이 종합병원에 근무하던 시절, 가장 대하기 어려운 환자가 의료 관련 상식이 풍부한 자라는 것을 익히 알고 있었기에 그와의 만남은 더욱 조심스럽고 부담이 될 수밖에 없었다. 나중에 안 사실이었지만, 그는 여러 동네의원에서도 퍽 부담스런 존재였으며, 그 또한 웬만한 동네의원은 미덥지 않은 반감으로 꽉 차 있는 터였다.

그가 왜 그토록 동네의사에 대해 반감을 품게 되었는지는 확실치 않지만, 동네의사들이 왜 그를 회피하려 했는지는 그의 두 번째 방문에서 확연히 드러났다. 여전히 그는 프레젠테이션하듯 자신의 병세와 병의 경과 등에 대해 설명했고, 수련의 시절 과장님이 요구하듯 자신의 병에 대한 치료 플랜과 경과 등을 내게 요구했다. 난감해하는 나에게 그는 수련의 시절 회진 현장에서 과장님이 그러했듯 자신의 병에 대한 경과와 치료 플랜을 상세히 설명하며 실력 없는 동네의사는 의당 그럴 수밖에 없다는 표정으로 나를 쳐다보곤 했다.

그는 매사에 적극적이었다. 특히 사회 참여에 아주 의욕적이었다. 텔레비전 심야 토론 프로에 시민논객으로 참여하여 막힘없는 달변으로 자신의 주장을 멋지게 펼쳐 보이기도 했다. 하지만 내게는 여전히 자기주장이 강하고 고집 센 골칫거리 환자일 뿐이었다. 그럼에도 많은 세월이 흘러 서로 호형호제하는 사이로까지 발전하였다. 그렇게 그가 형이라 부른 한참 뒤에도 내가 여전히 존칭어를 사용하자 그는 그것이 또 불만이라며 어깃장을 부리기도 했다.

늦깎이로 결혼한 그는 아내와 아들을 무척 사랑했다. 때로는 진찰실까지 아들을 데리고 와 자랑하기도 했다. 맑은 눈동자를 가진 아들의 눈을 바라보는 그의 눈빛도 맑았다. 하지만 그 맑은 눈빛도 그리 오래가지 못했다. IMF를 겪으면서 실직하고 여러 차례 사업이 실패하면서 알코올 중독 현상이 다시 도진 것이었다. 결국 그는 아내와 이혼하게 되자 음주벽은 더욱 심해졌고 마침내 자식에 대한 접근금지 처분까지 내려지면서 그의 괴벽은 극에 달하고 만 것이다.

만나는 사람마다 생트집을 잡고 싸우기 일쑤였으며 그 덕분에 그는 동네파출소의 단골손님이 되었다. 심지어 119구급대원과 114교환원까지도 그의 존재를 모르는 사람이 없을 정도였다.

동네사람들은 멀리서부터 그를 피했고 어쩌다가 눈길이라도 마주치면 애써 그를 외면했다. 이제 그는 동네에서 '공공의 적'이 되었고 아무도 더는 그를 거들떠보지 않았다. 그러면 그럴수록 그의 난폭한 행동은 도를 더해서 점점 더 외톨이가 된 그는 전화통에 매달리기 시작했다.

전화를 받을 때마다 그는 늘 죽고 싶다고 말했다. 더는 희망이 없는 세상 살아서 뭐하느냐, 잠잘 때가 가장 편한데 실제로 죽게 되면 잠자는 것과 같지 않으냐며 죽음 예찬론자가 되어갔다. 그러면서도 그는 자살하면 지옥 간다는 말 때문에 차마 스스로 목숨을 끊지 못하고 산다고 말했다. 늘 반복되는 말이었지만 그날따라 너무나 진지하고 슬픔이 묻어나는 모습에 입술을 지그시 깨문 채 듣고만 있었던 것이다.

그러다가 갑자기 그가 느꼈을 복잡한 갈등이 내 가슴 깊숙이 스며들었다. 지난 세월 동네 사람들로부터 온갖 고통과 멸시를 받고 산 그의 삶과 곁에서 그 모습을 지켜보며 동네의사로 살아온 내 삶이 오버랩 되면서 지금까지 알 수 없었던 어떤 우울감의 정체가 실체를 드러내며 내게로 몰려들었다.

종일 새장 같은 진찰실에 갇혀 남의 하소연을 들으며, 실제로는 정작 그들에게 아무런 도움도 줄 수 없는 나약한 존재이지만 철저히 자신을 위장한 채 장단을 맞추는 박수무당 같은 내 삶이 우울하게 느껴졌다. 그런 기분이 들자 깨물고 있던 입술을 열고 오히려 그에게 하소연하기 시작했다.

'오늘처럼 비가 오면 나도 어디론가 뛰쳐나가고 싶다. 나도 삶에 대한 회의가 심하다. 죽고 싶은 건 네가 아니라 나일지도 모른다. 자유로운 영혼의 소유자인 네가 오히려 부럽다….' 전혀 예상치 못한 나의 하소연에 이번엔 그가 침묵했다. 이제 서로 처지가 바뀌어 내가 하소연하고 그가 나를 위로하기 시작했다. 그는 왜 자살하면 안 되고 희망을 품어야 하는지 나를 설득하려고 애썼다. 그러면서 설명 말미에 나를 참으로 존경한다고 말했다. 존경, 존경이라니? 마지못해 받는 전화에 한 번도 성심껏 답해주지 않는 나에게 존경이란 말은 전혀 어울리지 않았다. 도무지 가식적인 말이라곤 할 줄 모르는 그에게 들은 '존경'이라는 말은 전화를 끊은 뒤에도 내내 내 마음을 옥죄었다.

그 이후로도 그와의 '전화 신경전'은 한동안 계속되었다. 대학병원에서 실명판정을 받았을 때 그의 잠행은 극에 달했다. 모두가 그를 외면하고 등을 돌릴수록 그는 성난 사자처럼 더욱 난폭해졌으며 그럴수록 더욱 집요하게 전화통에 매달렸다. 어쩌면 그는 단절된 세상과의 소통을 위해 전화기를 잡고 무던히 발버둥 쳤는지도 모른다.

그러면서 세상을 습득하고 자신의 삶에 대한 자세를 학습한 것일까. 희망은 체념에서 나온다는 말처럼. 언제부턴가 그는 술을 멀리하고 시각장애인을 위한 점자를 배우기 시작했다. 통화 내용도 예의를 갖추기 시작했고 말의 조리도 점점 되찾아가기 시작했다.

몇 달이 지나 그가 자원봉사자의 도움을 받으며 병원에 들렀다. 지팡이를 짚고 애써 웃음을 지어 보이는 그 모습이 해맑아 보였다. 얼마 전 전화 통화에서 내게 위로의 말들을 해주었던 모습이 바로 저 모습일 것이다.

그에게 몇 마디 위로의 말이라도 건네고 싶었지만 정작 아무 말도 할 수 없었다. 그는 내 마음을 이미 알고 있다는 듯 평온하게 웃으며 내 손을 꼭 잡았다. 그동안 왜 자기가 그토록 몹쓸 짓을 하고 다녔는지 알 수 없다고 말했다. 한 가지 아쉬운 것은 아들놈의 모습을 머릿속에 똑똑히 그려 넣지 못한 것뿐이라고. 아들놈에게 자기의 이런 모습을 보이는 것이 두려울 뿐이라고.

병원 문을 나서는 그의 뒷모습을 보며 나는 깊숙이 고개 숙였다. 그동안 나의 삶이 얼마나 무기력했는지, 또한 얼마나 사치스런 감상에 젖은 삶이었는지 부끄러워 고개를 들 수 없었다.

그가 다녀간 지 며칠이 지났건만 전화가 없다. 그래서 그런지 그의 근황이 내심 궁금해진다. 오늘처럼 찬바람이 부는 날이면 더욱 그렇다.

민유복래

민유복래.

사자성어처럼 세련된 이름이 내 눈길을 끌었다.

차트의 이름을 보고 아버지가 민 씨고 어머니가 유 씨인 고상한 페미니스트거나 아니면 민 씨 집안의 유복한 딸로 한세상 떵떵거리다 이제는 곱게 늙은 할머니의 모습일 거라 상상했다.

하지만 진료실에 나타난 그녀의 모습은 그와는 정반대의 몰골이었다. 미소와 슬픔이 섞여 묘한 조화를 이루고 있는 얼굴, 처음 보면 웃는 듯하지만, 자세히 들여다보면 우는 듯한 형상의, 죄인처럼 몸을 낮추고 두리번거리는 노파. 분명 가슴 속 깊이 분노를 가졌음이 틀림없지만 그것을 삭여서 겉으로 보기엔 온유한 표정의 민유복래, 73세 급여 1종.

민유복래 할머니는 다짜고짜 다 해진 종이 한 장을 꺼내 보였다. 날짜가 3년이나 지난 보건소 처방전이었다. 폐가 좋지 않아 숨이 가쁘고 가끔 객혈로 피를 한 바가지씩이나 쏟을 때가 있으니 이대로 처방해 달라는 것이었다. 나는 날짜가 너무 지났고 또 지금의 상태는 전과 많이 다를 수 있으니 우선 가슴 사진이라도 찍어 봤으면 좋겠다고 말했다. 하지만 할머니는 완강하게 거부했다. 단지 처방전에 적힌 약 그대로 처방해 주기만을 끈질기게 요구하는 것이었다.

동네의원에서는 흔히 있는 일인 데다가 또한 할머니의 태도가 워낙 강하여 나는 거담제와 기관지 확장제, 필요시 드시도록 처방되어 있는 지혈제 성분 그대로 처방해 주었다. 그리고 객혈이 계속되면 종합병원에서 더 필요한 검사를 추가로 했으면 좋겠다고 말했다. 종합병원이라는 말을 듣는 순간 할머니의 얼굴이 굳어지는 것을 보았다. 할머니는 종합병원에 대해서는 강한 거부감을 보인 데 반해 처방전을 발행한 의사와 보건소에 대한 신뢰를 더욱 굳건히 했다. 이유는 너무나 간단하고 자명했다. 사람으로 취급해 주는 곳과 아닌 곳의 구분을 할머니는 그렇게 표현했던 것이다. 할머니에게는 종합병원에서 겪어야 했던 쓰라린 기억이 있었다.

몇 해 전 피를 쏟고 의식을 잃은 채 길바닥에 쓰러져 있는 할머니를 종합병원에 이송하여 입원 수속과 더불어 치료를 받게 도움을 준 사람은 마을 이장이었다고 한다. 오래도록 앓아온 폐결핵의 후유증으로 피를 쏟은 적은 여러 번 있었지만 이렇듯 대량 객혈로 의식을 잃었던 것은 그때가 처음이었다고.

하지만 생사의 고비를 이제 막 넘어 겨우 의식을 회복한 할머니에게 병원 측에서 베푼 것은 냉대와 멸시뿐이었다. 단지 보호자가 없다는 게 이유였다. 할머니는 의식을 회복하자마자 주위의 만류에도 불구하고 서둘러 퇴원을 결정했다. 종합병원에서 내어준 처방전을 들고 할머니가 찾아간 곳은 시설 좋은 대도시의 종합병원이 아니라 그녀가 살고 있는 시골의 보건지소였다.

민유복래 할머니를 따뜻하게 맞이해 준 사람은 새내기 공중보건 의사였다. 의과 대학을 갓 졸업하고 시골 보건지소로 파견 나온 새내기 의사는 이제 막 죽음의 고비를 넘어온 할머니의 병력을 오래도록 들어 주었다. 그리고 종합병원에서 가져온 처방전에 나와 있는 약을 그대로 처방해주었다. 그때부터 할머니의 희망은 오로지 보건지소의 그 의사에게로 옮겨 갔다.

할머니는 자기를 버리다시피 한 가족에 대한 원망도, 삶에 대한 간절한 애착도, 목숨 부지에 필요한 의학적 도움에도 별로 관심이 없었다. 할머니는 오로지 생의 마지막을 혼자의 힘으로 날개를 퍼덕이며 날아갈 수 있을까만을 고민하는 한 마리 새였다. 단지 그 마지막을 아들과 좀 더 가까운 곳에서 건너기 위해 우리 동네로 이사하게 되었고 나와의 인연은 그때부터 시작된 것이다.

그래서일까, 할머니는 급여 1종에 대한 집착이 대단했다. 그 혜택마저 사라진다면 자식한테 버림받을 때보다 더 큰 충격에 빠질 게 뻔했으므로.

할머니는 급여 1종의 혜택을 받기 위한 최소한의 필요사항을 하나도 빠짐없이 알고 있었다. 우선 자신의 소득이 없어야 하고 그를 모실 자식이 없어야 하며 본인의 재산이 없어야 하되, 심지어 은행통장에까지 잔고가 없어야 한다고 굳게 믿고 있었다. 할머니는 동사무소에서 몇 푼씩 나온 생활보조금을 단 한 푼도 쓰지 않았지만 은행이나 새마을 금고에 저축할 수 없었다. 집안 죽석 밑에 차곡차곡 쟁여두었던 돈이 어느 정도 모여지자 진찰실로 들고 왔다. 나에게 돈을 맡기겠다는 것이었다. 나는 당황스러웠지만 딱히 거절하기도 힘든 상황이었다. 그렇게 해서 이상한 관계가 시작되었다.

이제 민유복래 할머니의 차트엔 그녀의 증상 외에 은행통장처럼 돈의 액수가 기록되기 시작했다. 할머니는 돈에 대한 집착이 강해 우리가 의사와 환자로 서로 마주하고 있는 것인지 아니면 고객과 은행창구 직원으로 만났는지 헷갈릴 때도 있었다. 잔고가 점점 불어나게 되면서, 깊은 숲 속 나무 밑에 감추어 둔 금괴를 보며 나무꾼처럼 뿌듯해 하는 할머니의 미소를 종종 볼 수 있었다.

마침내 미소가 슬픔을 앞질러 입가에 웃음이 번지기 시작하던 한가한 오후, 나는 궁금증을 풀기로 했다. 영자 순자가 대부분이요 기껏해야 미자 말자가 대세이던 그 시절에 어떻게 그런 세련된 이름을 가질 수 있었는지에 대해 물어본 것이다.

할머니는 곤혹스러운 표정이었다. 한참 동안 고개를 숙이고 있던 할머니가 마침내 입을 열었다. 이름 때문에 창피해서 견딜 수 없었노라고, 차라리 이름이 없었으면 더 좋을 뻔했다는 할머니의 사연은 기구했다.

유복자로 태어난 그녀에게 따로 이름을 지어준 사람은 아무도 없었다. 따로 이름이 없는 그녀는 그냥 유복녀로 불리다가 시골의 면서기가 호적에 올리면서 그대로 지금의 이름이 되었다는 것이다. 죄인 아닌 죄인으로 태어난 그녀가 어찌어찌 유부남을 알게 되었고 결혼도 하지 못한 채 또다시 유복자 아닌 유복자를 낳게 되어…….

제대로 말을 다하지 못한 채 애써 눈물을 감추려는 할머니의 모습은 자식에 대한 죄의식과 서운함이 뒤섞여 본인의 감정의 실체가 무엇인지조차 혼란스러울 정도였다. 단지 부모 복 없는 여자가 남편복 없고 남편 복 없는 여자가 자식 복 없다는 말로 자신의 복잡한 심정을 대신했다. 이제 죽을 때가 가까워져 자식 사는 곳과 가까운 곳으로 이사하여 이렇게 살고 있지만, 이제껏 한 번도 자식을 찾지는 않았다고 했다. 할머니는 자기의 모습을 감추기 위해 보호색깔을 띠고 있는 청개구리처럼 가족 얘기는 더는 입 밖에 내지 않았다.

어느새 가족처럼 편안해진 민유복래 할머니를 만나지 3년째로 접어드는 작년 가을이었다. 찬바람이 불어오기 시작하면서 할머니의 모습도 거리의 은행잎처럼 눈에 띄게 푸른빛이 약해져 갔다. 진찰 소견으로는 특별히 달라진 것이 없었지만, 말수가 줄어들고 홀로 남아 떨고 있는 은행잎처럼 누런 고독의 빛깔이 얼굴 가득 드리워졌다.

그러던 어느 날, 할머니는 돌연 종합병원으로 전원을 요구했다. 본인이 그토록 증오하던 종합병원으로 말이다. 나는 아무 말도 묻지 않고 할머니의 요구대로 해주었다. 그동안 내게 맡겨 놓았던 돈도 모두 챙긴 할머니는 오래도록 작별의 인사를 했다. 그리고 채 일주일이 지나지 않아 할머니의 임종소식을 접했다. 나로서는 전혀 예상치 못한 죽음이라서 당황했지만 이내 차분하게 받아들였다. 오히려 그 후 들려오는 할머니의 행적에 관한 이야기들이 더욱 가슴을 아리게 했다.

할머니는 집에서 난방도 제대로 하지 못하고 전기장판 하나로 겨우 몸만 덥히고 살았다고 했다. 전기세가 아까워 뜨거운 물 한번 제대로 쓰지 않았다고. 그러면서 죽석 밑에 꼬박꼬박 돈을 모아 마지막 갈 길에 대한 준비를 하고 계셨던 것이었다. 그럴 줄 알았다면 저승 가는 길에 노잣돈으로 쓸 수 있게 이자라도 좀 쳐 드릴 것을 하는 후회가 들었다. 하지만 그것도 잠시, 곧바로 민유복래 할머니의 차트를 살펴보았다.

진료를 하다 보면 수많은 죽음과 맞닥뜨리게 된다. 그때마다 슬퍼할 겨를도 없이 방어 본능을 가지고 진료기록을 살펴보게 되는 것이다. 할머니의 차트 또한 무거운 돌멩이가 되어 내 가슴을 짓누르고 있었다. 하지만 그 돌덩이는 깃털처럼 가볍게 하늘을 날며 낙엽들과 뒤섞여 먼발치로 날아갔다. 마치 삶과 죽음이 하나로 섞여 날아가듯이.

우리의 삶이 누군가에게 빚진 삶이듯 죽음 또한 누군가에게 빚지기 마련이다. 죽음도 삶의 일부이지만 우리는 언제나 그것을 부정하고 멀리하려 한다. 죽음이 턱밑까지 밀어닥친 후에야 그것을 실감하고 부랴부랴 준비하지만, 갑자기 들이닥친 죽음 앞에서 늘 무기력하게 주저앉고 만다. 그런 의미에서 담담하게 죽음을 준비하던 할머니의 모습은 지금까지 선명하게 뇌리에 남아있다. 어찌 보면 깃털처럼 보잘것없는 삶이었지만 한 번도 주어진 생을 원망하지 않았듯 죽음 또한 사랑하고 있었다.

한껏 가을빛이 짙어진 오후, 진료 컴퓨터에 '민유복래'를 쳐보았다

할머니는 아주 평온한 모습으로 아직 종결되지 않은 차트로 거기에 그대로 살아 계셨다. 이제껏 단 한 번도 누구에게 피해를 주지 않는 삶, 기어이 아들조차 부르지 않고 한 마리 새가 되어 스스로 요단강을 건너가던 당당한 그 뒷모습. 웃는 듯한, 아니 자세히 보면 우는 듯한 표정의 민유복래.

00년, 10월 25일. 이제 더 이상의 희망이 없는 채로 할머니가 그토록 싫어하시는 종합병원으로 스스로 걸어가셨다.

00년, 10월 31일. Hopeless discharge, Expired & Eternal Life.

아마 10월의 마지막 날 단 한 줄의 콩글리시 차트는 민유복래 할머니의 임종 소식을 전해 듣고 따로 기록해놓은 것일 게다.

의사 전성시대

나는 의학 드라마를 보지 않는다.

너무 야비하거나 천박한 모습으로 그려진 의사도 거북하고 갑작스러운 영웅으로 묘사된 의사도 부담스럽기는 마찬가지다. 드라마 제작진의 입장에서 보면 감동을 위해 다소 과장된 스토리를 필요로 할지 모르지만 사실을 왜곡하거나 실재 의료현실과 동떨어진 내용이 많은 것도 사실이다.

의사가 되기 전에는 병원을 소재로 한 휴먼 드라마에 구미가 당겼지만 의료 현장의 한복판에 서 있는 의사가 되고 나서는 오히려 기피하는 경향이 있다. 그렇다면 아주 리얼하게 의료 현장을 그린 드라마는 어떨까. 모르긴 몰라도 더 빨리 채널을 돌리고 말 것이다. 적나라한 나의 치부를 드러내는 것 같은 드라마를 객관적으로 즐기기는 매우 힘들 것이기 때문이다.

비단 드라마뿐만 아니다. 요즘 TV를 켜면 수도꼭지처럼 의사들이 쏟아져 나온다. 이런저런 전문의들이 교양 프로그램인지 오락 프로그램인지 헷갈리는 방송에서 개그맨 수준으로 입담을 과시한다.

이전에는 의학적 지식을 쉽게 풀어 전달하는 수준이었다면 요즘 들어서는 고정 게스트로 출연하거나 아예 프로그램을 진행하는 경우도 있다. 심지어 명함에 방송 출연 이력을 나열하여 병원홍보에 사용하는 경우도 있다. 이미 스타 반열에 올라있는 의사 연예인도 상당수다.

지나치게 시청률 위주의 재미에 치우치다 보니 검증이 덜 된 의학 지식들을 입증된 사실처럼 말하는 경우를 종종 본다. 확신을 가지고 자신의 입장을 설파하는 의사들을 보면 난감할 때도 있다.

얼마 전 자신만의 비법으로 만성질환을 치료한다는 의사가 방송에 나왔다. 그는 현대의학을 전공했지만 일반적인 병원 치료보다는 섭생을 위주로 한 자신의 처방에 무한신뢰를 하고 있었다. 그런데 자신의 처방을 공개하기에 앞서 지금까지 복용하고 있는 약을 모두 끊고 자신의 매뉴얼에만 충실하라는 것이었다. 방송을 본 환자들은 열광했을 것이다. 실제로 나는 진료실에서 그 프로그램에 대한 질문을 받은 적이 있다.

오랜 치료에 지쳐있는 환자들에게 희망을 주는 건 바람직하지만 지나치게 기대를 심어주어 병원 치료를 포기하거나 좋지 않은 결과를 초래할 경우에 어떻게 하려는지 내심 불안하기도 했다.

물론 우리 몸은 자생 능력이 있다. 거대한 자연이 자정능력을 갖고 있듯, 인체 역시 스스로 정상으로 돌아가려는 항상성Homeostasis을 가지고 있다. 그래서 똑같은 질환도 사람에 따라 병의 경과나 예후가 달라질 수 있고 치료 방법 또한 의사에 따라 차이가 있을 수 있다.

어떤 병은 치료하지 않고 가만히 두어도 저절로 회복되기도 한다. 감기는 치료하면 7일, 치료하지 않으면 일주일이란 말도 있지 않은가.

하지만 임상의사는 객관적이고 검증된 치료만 해야 한다. 의학은 실증적인 과학인 동시에 통계를 바탕으로 한 경험철학이다. 반드시 근거 중심의 입증된 사실만을 치료에 도입해야 한다는데 이론의 여지가 없다.

최근 의학 드라마나 의료를 소재로 한 방송의 잘못된 정보로 인해 현실감이 떨어질 뿐만 아니라 의사에 대한 부정적인 인식을 심어주고 있는 경우가 많다. 상당수 드라마나 의학 프로그램들이 의사들에 대한 잘못된 편견을 심어주는 측면도 적지 않다.

언젠가 출근길 라디오에서 의학 칼럼을 듣게 되었다. 유명 교수의 강의인지라 볼륨을 높이고 귀를 바짝 세웠다. 그 날의 주제는 비만이었다. 현대인에게 비만은 커다란 재앙이며 반드시 치료해야 할 질병 중 하나라고 목소리를 높이던 그의 강의 말미가 압권이었다. 비만의 가장 무서운 적은 바로 외식이라는 것. 그러므로 가능하면 외식을 피하고 피치 못할 사정으로 외식할 일이 생기면 동네에서 가장 맛없는 식당을 찾아가라는 것이다. 일단 과식하지 않아서 좋고 다시는 외식할 마음이 사라져 비만 퇴치에 더없이 좋은 아이디어라고.

라디오를 듣던 나는 아연실색했다. 저명한 교수의 비만 치료법 결론이 맛없는 식당 찾아 외식하기라니. 단호하게 말하는 그 목소리가 내게는 공허한 메아리처럼 들렸다. 지나치게 한쪽만 강조하다 자칫 인생에서 가장 중요한 것을 놓치는 것은 아닌지 씁쓸한 느낌마저 들었다. 절박한 심정의 환자에게 대중매체를 통한 의사의 말 한마디는 꼭 지켜야 할 율법처럼 느껴질 수도 있을 것이기 때문이다.

지방을 흡입하여 몸매를 유지하고 갸름한 턱선을 위해 양악을 깎아내고 체중을 유지하기 위해 맛없는 식당을 찾아가야 한다면….

의사 전성시대에 의사의 역할은 과연 무엇일까.

의사 수난시대

대한민국에서 의사가 되기도 힘들지만 의사로 살아가기도 쉽지 않다.

얼마 전 같은 지역에서 개원한 동료 의사와 술자리를 함께한 적이 있다. 명문 S대학 출신인 그는 개원가의 고충을 토로하다가 졸업동기 중 4명이 신용불량자라고 했다. 교과서대로 성심껏 진료했지만 경영 마인드를 망각한 동료들이 그렇게 되었고 자기는 그나마 운이 좋은 편이라는 것이다. 게다가 비만치료를 새로 시작한 그는 몸소 그 매뉴얼을 실천하다 보니 체중감소가 심했다. 불쾌한 얼굴에 술잔에 젖은 그의 눈빛이 더욱 깊어 보였다.

의사의 스트레스 지수는 다른 여타 직업군에 비해 훨씬 높다. 그래선지 평균수명도 밑도는 데다가 자살률은 다른 직종에 비해 오히려 높은 편이다.

이제 의사의 자살은 교통사고처럼 흔한 일이어서 언론도 비껴가지만 최근 보도된 천안의 한 병원에서의 일은 안타까움을 더해 주고 있다.

팔 골절수술을 받던 환자가 마취에서 깨어나지 못하고 숨진 사고로 경찰 조사를 앞두고 있던 마취의사가 스스로 목숨을 끊은 것이다. 그는 동료 의사에게 부탁하여 링거주사를 맞는 도중 의식을 잃은 채 발견되었다. 누구보다도 죽는 방법에 익숙하기에 그 길을 택한 것일까. 그는 자신의 부인과 환자의 부모, 수사담당 경찰관 등에게 자필 유서를 남겼다.

그는 무슨 내용을 남겼을까.

유서내용은 공개되지 않았지만 경찰관에겐 짧은 경위를 남겼을 것이다. 환자의 부모에게는 죄송한 심정과 용서를 구했을 테고 아내에게 장문의 편지를 썼을 것이다. 유서를 쓰면서 굴곡진 자신의 삶을 돌아보았을지도 모른다. 그렇다면 자신에게 고통을 주고 목숨까지 앗아간 의사로서의 삶은 어떻게 평가했을까.

자살까지는 아니더라도 의료사고로 고통받고 있는 의사들은 무수히 많다. 심심찮게 언론에 보도되는 바람에 강남의 성형외과가 의료사고의 주범처럼 보이지만 의료사고는 비단 성형외과의 문제만은 아니다.

의료사고를 한 번도 경험하지 않는 의사를 찾기가 오히려 더 힘들지도 모른다. 나도 몇 차례 비슷한 경험이 있다. 운 좋게 최악의 상황을 비껴간 경우도 있다.

개원 초창기의 일이다.

무좀약을 처방한 환자가 간 수치가 올라간 일이 있었다. 특별한 증상은 없었지만 다른 병원에서 우연히 피검사를 하다가 발견되었다. 그런데 그 의사가 그만 최악의 경우를 설명해준 것이다. 무좀약이 심한 간 기능 장애를 초래할 수 있고 전격성 간염으로 발전하면 회복 불가능할뿐더러 최악의 경우 사망에 이를 수도 있다는 것.

인터넷에서 얻은 정보까지 가세하여 극심한 스트레스에 시달린 환자는 그때부터 우리 병원에 출근도장을 찍었다. 나는 그에게 아무 말도 할 수 없었다. 최악의 경우가 아니기만 기도했다. 그렇게 석 달가량 지내다 보니 이제는 내가 초죽음이 될 지경이었다. 나는 환자의 얼굴빛에 따라 천국과 지옥을 오르락내리락했다. 최악에는 병원 문을 닫고 야반도주를 하는 꿈까지 꾸었다. 심한 자책과 함께 때론 원망이 들기도 했다. 무슨 심리인지 모르겠으나 그렇게 함께 고민하다 보니 야릇한 동지의식이 느껴지기도 했다.

무좀약이 간 손상을 일으킬 수 있다는 경고를 못했던 것과 주기적으로 간 수치를 체크하지 못한 건 내 잘못이다. 하지만 간 손상을 예측하기 힘들고 오히려 환자가 느끼는 불편함도 무시할 수 없었노라고 속으로 항변했지만 순전히 나 자신을 자책하는 말이었을 뿐이다.

다행히 그는 정상으로 회복되었고 우리의 관계도 간 수치처럼 다시 회복되었다. 지금까지 의사 환자의 관계를 유지하고 있지만, 당시의 미안한 마음과 고통은 여전히 응어리처럼 남아있다.

의사라면 누구라도 그리고 언제라도 의료사고의 공포에서 자유로울 수 없다. 수많은 의료 드라마들도 의료사고로 고통받고 고뇌하는 의사들의 심리를 그리고 있지 않은가.

그렇다 보니 한사코 방어 진료에만 매달리게 된다. 위험한 시술을 기피하고 부작용이 따르는 치료는 포기하고 합병증에 대한 과장된 설명만 늘어놓게 되는 것이다. 그럴수록 불신의 벽은 점점 깊어져 환자들도 의사의 과실만 추궁하려 든다. 의사와 환자의 인간관계는 사라진 지 오래고 로봇처럼 기술에만 의지하게 된다. 황량하기 그지없는 이 진료실을 윤활유처럼 적셔줄 단비는 언제쯤 내릴 수 있을까.

대한민국 의사면허번호가 드디어 10만을 넘어섰다.

선진국에 비해 아직도 의사 수가 부족하다지만 우리나라에는 의료의 한 축을 담당하고 있는 한의사가 있기 때문에 숫자만의 단순비교는 의미가 없을 것이다. 인구 대비로만 따져도 의사 수는 내가 의사면허를 받을 당시보다 세 배 이상 증가했다.

이미 의사 과잉시대에 들어섰지만 의과대학은 여전히 수험생들에겐 높은 장벽이다. 의사 면허번호 3만 번 대인 내가 대학을 입학할 때도 우수한 학생들이 의과대학에 지원했다. 지금처럼 쏠림현상이 심하지는 않았지만, 당시의 수험생들도 안정된 직장에서 인술을 베

푸는 의사의 모습을 보며 미래의 자신을 그려 보았을 것이다.

하지만 의사의 길이 그리 호락호락하지는 않다.

우선 의과대학은 처음부터 경쟁 시스템이다. 다른 대학처럼 ABCD로 학점을 매기지 않고 고등학교처럼 백분위 점수제로 성적을 표기한다. 모든 과목에 과락이 있고 평균 점수가 일정수준에 도달하지 못하면 유급제도가 기다리고 있다. 경쟁이 치열하다 보니 스스로 휴학을 하거나 포기하는 경우도 속출한다.

대학을 졸업하고도 마찬가지다. 모# 대학병원의 의사가 되기 위해 경쟁하고 인턴을 마치고 나면 자기가 원하는 과에 들어가기 위해 또 경쟁해야 한다. 수련을 마치고 전문의가 되고 나서는 또 어떤가. 심한 경우 무급 펠로우를 몇 년씩이나 하는 경우도 있다. 운 좋게 대학병원의 의사가 된다 해도 과도한 업무는 마찬가지다. 환자한테 받는 스트레스도 개원의들보다 더 심한 편이다.

그렇게라도 대학에서 자리를 얻으면 다행이지만 그렇지 못하면 종합병원으로 일자리를 알아보거나 개업 자리를 알아본다. 하지만 개원 현실 또한 만만치 않다. 목 좋은 곳을 골라 운 좋게 성공하는 경우도 있지만 그 반대의 상황도 어렵지 않게 볼 수 있다.

우수한 인재들이 의과대학에 몰려든다고 하지만, 신용불량자가 된 의사들이 속출하고 환자에게 폭행당하는 의사가 많고 의료사고로 고통받다가 자살하는 의사들이 발생하는 작금의 현실을 어떻게 설명해야할까.

의사 수난시대에 진정한 의사의 자세는 무엇일까. 의사 생활 25년이 넘어서도 좀체 풀리지 않는 숙제이다.

반쪽 우체통

진료실 창 너머 까치 한 마리가 힘차게 하늘로 날아오른다.

청명한 가을 오후, 병원 대기실엔 용환이 할머니가 연신 혈압체크를 하고 있다. 오늘만 벌써 세 번째 방문이다. 병원에서 잴 때는 괜찮은 혈압이 집에 가면 올라가고 병원 안에 있어야 마음이 편해진다니 그야말로 병원 체질인 셈이다. 혹시 집에 있는 혈압계가 고장 난 것 아니냐며 병원 혈압계와 비교해서 혈압을 재본 것도 여러 차례다.

거의 매일같이 병원 출근하여 동네소식이며 집안 소식 등을 이야기하느라 정작 본인이 왜 병원에 왔는가를 까맣게 잊곤 하던 부순이 할머니는 잘산다고 그토록 자랑하던 아들이 회사 부도내고 나서 올 데갈데없는 처지로 지내다가 결국 딸네 집으로 이사 간 후론 깜깜무소식이다.

무소식이 희소식이라지만 워낙 연로하신 노인들의 무소식은 일말 불안하기까지 하다. 밤새 안녕이라 했던가. 자주 들르던 만성질환 환자들의 발길이 갑자기 뚝 끊기면 큰 병원에 입원치료 중이거나 혹은 자식 따라 어디론가 멀리 이사 간 경우가 대부분이요 그것도 아니면 버거운 삶의 고통을 덜기 위해 영원히 돌아올 수 없는 긴 여행을 떠난 경우도 있기 때문이다.

동네의원 동네의사로 오랜 세월 살다 보니 이제 동네 소식통이 다 되었다. 잘되면 제 탓이요 잘못되면 조상 탓이라 했던가. 잘되면 말 없이 고향 떠나고 잘못된 일이면 소문도 빠르고 입방아에 오르기도 쉬워서일까. 대부분 슬프고 좋지 않은 소식들뿐이니 별로 내키진 않지만 오늘도 동네 소식지 역할을 하고 있다. 소식통이라고 해봤자 소식을 받기만 할뿐 다시 전해주지는 못하는 반쪽 우체통일 뿐이다.

하지만 우체통 속에 꼭 슬프고 좋지 않은 소식만 있는 것은 아니다. 뜯지 않는 봉투 속에 감추어진 따뜻하고 가슴 훈훈한 소식은 얼마든지 있다. 우리들 세상을 살맛 나게 하는 것은 유명연예인도 스포츠스타도 아니요, 힘들고 지친 이들이 서로를 위하여 가슴 따뜻하게 살아가는 모습을 보여줄 때이다. 물질이 편안함을 제공할지 모르지만, 행복을 캐는 도구나 열쇠를 주진 않는다. 서로를 보듬을 수 있는 관심과 사랑만으로도 세상은 한없이 아름답다.

많은 환자들을 대하다 보면 유독 기억에 남는 환자가 있게 마련이다. 지난여름 진료실에서 만났던 덕수는 오랫동안 잊지 못할 것이다.

덩치가 웬만한 어른보다도 더 큰 덕수는 늘 엄마 손을 잡고 다닌다. 그 큰 덩치에 생김생김이 엄마와 너무나 닮아서 그들이 모자지간이라는 것은 한눈에 봐도 알 수 있다. 게다가 둘은 너무도 사이가 좋아 제 또래 학생들이 병원에 올 때면 대개 혼자 오는 데 반해 덕수는 꼭 엄마 손을 잡고 온다. 엄마와 함께 신문배달을 하며 야간중학교에 다니는 어려운 형편에도 잘 적응하는 요즘 보기 드문 착한 학생이다.

몹시 더운 여름날이었다. 덕수는 반 탈진상태로 엄마 손에 이끌려 병원 문을 들어섰다. 여느 때와 같이 엄마와 함께 신문배달을 마치고 날씨가 더워서 생수와 빙과류를 잔뜩 마셨는데 그만 배탈이 난 것이다. 구토, 설사가 워낙 심해 몸을 잘 가누지 못 할 만큼 탈수증세가 심했다. 우선 수액주사와 지사제 등을 투여하고 복통이 어느 정도 진정되자 덕수는 스르르 잠이 들었다.

가만히 진료실 문을 열고 들어온 엄마는 옷 안에 감추어 둔 물건을 꺼내듯 조심스럽게 속내를 내비쳤다.

"사실은요, 저놈이 제 친아들이 아니에요."

어이없이 쳐다보는 내 속마음을 다 안다는 듯 엄마는 재빨리 말을 이어갔다.

"오랫동안 함께 살다 보니 이렇게 닮아 가나 봐요."

이마의 땀을 닦은 그녀는 자리를 고쳐 앉았다. 그리고는 10년이 훨씬 지난 이야기를 마치 엊그제 일처럼 들려주는 것이었다.

"남편과 사별하고 자식도 없이 혼자 사는데 주위 분들이 좋은 사람 있다고 하도 만나보라고 해서 덕수 세 살 적에 재혼했어요."

당시엔 이혼은 말할 것도 없고 사별해도 다 자기 책임이고 자기가 죄인인 줄만 알았다고 했다. 다시 결혼한다는 건 또다시 죄를 짓는다고 생각했단다.

이혼하고도 얼마든지 연하남과 그것도 총각과 재혼하는 요즘과 큰 시간차가 나는 시절도 아니었는데!

"그렇게 결혼한 지 반년 만에 뇌종양 발견하고 딱 1년 만에 제 아비 죽고 나니……. 어린 저녀석이 가지 말라고 얼마나 울면서 매달리던지!"

덕수가 눈에 밟혀 도저히 그냥 갈 수 없어 10년 넘게 이렇게 사노라고…….

이야기하던 중 조그만 인기척에 급히 덕수 곁으로 달려간 그녀는, 덕수 손을 꽉 잡은 채 한 손으론 배를 어루만지고 있었다. 평온한 모습으로 잠들어 있는 덕수 얼굴과 그 곁에 평화롭게 기대어 있는 그녀의 얼굴이 가볍게 포개졌다. 둘은 서로에게 무척이나 힘이 되어 보였다.

당신들의 천국

인터넷을 뒤적이다 청년의사 홈페이지 상단에 눈에 띄게 큼직한 배너광고를 보았다. 단기 한센병 강좌.

클릭해서 자세히 보니 의대생과 의료인을 대상으로 한 그 강좌는 한센병 바로 알기에 그 목적이 있는 듯했다.

최근 들어 수많은 임상 강좌와 세미나들로 기성 의사들은 물론 의과대학생들에게도 최신 의학 지식을 접할 기회가 많아졌다. 하지만 필자의 대학 시절만 해도 의과대학 강의는 강의실과 실습실, 기껏해야 대학병원 병실을 벗어나지 못했다. 숨 막히는 강의실에서 온종일 강의를 듣고 꽉 막힌 병리학 실습실에서 현미경과 씨름하다 보면 어디든 뛰쳐나가고 싶은 충동에 빠지곤 했다.

그러던 우리에게 강의실을 벗어날 기회가 왔다. 예방의학 실습인지 피부과 실습인지 정확하게 기억할 순 없지만, 강의의 하나로 행해진 일일 소록도 방문이 그것이었다. 우리는 답답한 강의실을 벗어나 야외로 나간다는 사실만으로도 흥분했다.

소록도 가는 구불구불한 그 길은 멀고도 지루했다. 끝없이 이어진 비포장 붉은 황톳길을 걸으며 "가도 가도 천 리 길, 전라도길"이라고 읊었던 문둥이 시인 한하운의 소록도 여정이 생각나 잠시 숙연해지기도 했다.

녹동항에 도착하여 버스에서 내리니 소록도가 지척에 있다. 여기에서 바다를 경계로 불과 600m의 거리에 그 섬이 있다. 그러나 그것은 천당과 지옥을 가르는 경계선이었다. 경계선 저편에 아름다운 지옥 소록도가 있다. 수많은 애환과 응어리를 간직한 섬, 경치가 아름다운 작은 사슴의 섬, 하지만 그 천형의 섬까지는 배를 타고 채 5분도 걸리지 않았다.

도착하자마자 병원장의 환대를 받으며 소록도의 역사적 의미와 최근 현황, 그리고 한센병에 대한 강의를 듣고 이것저것 궁금한 것도 질문했다.

우리들은 모두 진지하게 경청했고 예비 의사로서의 각오와 다짐을 새롭게 했다. 병실과 진료실에서 의술과 인술 등을 마음속에 새기며 환자들의 아픈 부위와 불편한 점들을 꼼꼼히 살폈다. 그리고 몇 명씩 조를 짜서 정착촌으로 발걸음을 옮겼다.

그때 마을 입구에 길 잃은 짐승처럼 홀로 웅크리고 앉아있는 노파를 만났다. 장작개비처럼 깡마른 몸, 뭉툭한 조막손, 찌그러진 눈썹, 안구가 사라져 움푹 패인 눈. 연옥이 다름 아닌 이곳이었다. 나는 그 노파의 눈길을 애써 피했다. 아예 얼굴을 돌렸다. 하지만 할머니는 내 눈길을 전혀 의식하지 않았다. 자세히 볼 수가 없기 때문일 것이다. 할머니가 조용히 미소 지으며 내게 손을 내밀었다. 나는 억지로 그 손을 맞잡았다. 손가락이 떨어져 나간 손끝은 보리 이삭처럼 꺼칠꺼칠했다. 나도 모르게 몸을 움찔거리며 손끝을 뺐다

할머니는 이미 다 알고 있다는 듯이 잔잔한 그러나 슬픈 미소를 지으며 손을 도로 거두어갔다. 이내 침묵이 흘렀다. 더는 아무 말이 없는 할머니를 뒤로하고 수돗가를 향해 힘껏 뛰었다. 다행히 거기엔 향이 강한 비누가 있었다. 나는 몇 번이고 손을 씻었다. 깨끗이 손을 씻고 남은 물기를 모두 허공에 털어 내고서야 조금 전의 강의가 떠올랐다.

환자들은 대부분 고령으로 사람들을 몹시 그리워한다는 것이고 일반 병실에 있는 환자들은 모두 음성으로 전염성이 전혀 없으니 마주치면 살갑게 대해주라는 당부였다.

나는 두 손으로 얼굴을 감싸 안았다. 방금 전까지 봉사와 헌신을 가슴속에 되새기며 히포크라테스 후예를 다짐하지 않았던가!

다행히 주위에는 아무도 없었다. 나는 아무 일도 없었던 것처럼

서둘러 일행과 합류했다. 녹동항으로 되돌아오는 배 안, 짧은 시간 만에 봉사와 희생정신으로 중무장한 학우들은 모두 다 히포크라테스 후예를 자부하며 쉴 새 없이 떠들어댔다. 하지만 나는 아무 말도 할 수 없었다.

소록도에 부임해 천국을 건설하려는 조백헌 원장과 한센병 환자들과의 사랑과 갈등, 화해와 용서를 다룬 이청준의 장편소설 『당신들의 천국』에서는 아무리 숭고한 사랑일지라도 그것은 자유 의지에 의해서만 가능하며, 일방적인 사랑은 존재할 수 없으며 사랑은 서로 소통되어야만 아름다운 결실을 볼 수 있다고 말한다.

이번 강좌를 신청한 의대생들은 세미나에 참석하기 전 『당신들의 천국』을 읽고 그 문학적 감흥에 다시 한 번 취해보고, 한센병 환우들과의 진심 어린 교감이 과연 무엇인지 심각하게 고민해 보는 것은 어떨지. 당신들의 천국이 아닌 우리들의 천국을 위해.

2부

문학과 의학의 연리지

개미족 베짱이족

한시도 쉬지 않고 내달렸다.

의과대학을 졸업하고 수련을 마치고 개원을 한 지난 세월 동안 한 순간도 쉬지 않고 달려왔다.

마흔을 넘기면서는 잃어버렸던 나를 찾아 문학판을 기웃거리다 등단의 발을 담근 지도 어언 십여 년이 되었다. 잠시도 손에서 책을 놓지 않았다.

경주마처럼 앞만 보고 달려오니 길을 잘못 들었다 했고 옆도 뒤도 보지 않고 달려오니 불혹이라 했다. 아직 갈 길은 멀기만 한데 내려 갈 길 조심하라고 앞만 보고 달리다가는 위험천만하다고 몸이 내게 경고하기 시작했다.

새해가 되면 내 나이 오십이 된다.

물론 우리 나이로 따지면 쉰이 지난 지 한참 되었지만 서양식의

만 나이로 버티다가 이제 주민등록상 나이까지 몽땅 오십을 넘어서
버린 것이다.

나이 오십이면 지천명知天命이라 했던가, 천명天命을 안다는 것이
무슨 도를 터득하거나 삶의 진리를 깨달은 걸로 착각하고 있지만 천
명이란 하늘이 정해준 목숨을 뜻하는 것이니 죽음을 말하는 것 아니
던가!

물론 오십까지 살면 장수했다고 생각하던 시대에 나온 말이라 지
천명이란 말도 마땅히 수정되어야 할 테지만 지천명이라 한들 특별
히 다르게 생각할 것도 조바심을 느낄 필요도 없어졌다.

새해 아침이 되자 나는 습관처럼 집 근처 단골서점에 들렀다. 지
금까지는 늘 아이들과 함께였다면 이미 내 키를 훨씬 웃자란 아들놈
이 함께 가기를 거부해 혼자 가는 것이 차이라면 차이일 뿐이다. 지
금까지는 치열한 삶을 지탱해 줄 양식을 주로 찾았다면 이제부터는
지쳐있는 심신을 위로해 줄 건강식품을 찾아볼 요량이었다. 이른바
개미족을 청산하고 스스로 베짱이족을 자처하려는 것이다.

나는 서점의 한적한 코너에 자리를 잡고 피에르 쌍소의 느리게 사
는 삶의 지혜를 스마트폰의 메모장에 옮겨 적기 시작했다.

첫째, 빈둥거릴 것-자기만의 시간을 가질 것
둘째, 들을 것-신뢰할 만한 다른 이의 목소리에 귀를 기울일 것
셋째, 권태-무의미할 때까지 반복되는 것을 받아들이고 취미를

가질 것

넷째, 꿈을 꿀 것-자기 안에 희미하나마 기민하고 예민한 하나의 의식을 자리 잡아둘 것

다섯째, 기다릴 것-가장 넓고 큰 가능성을 열어둘 것

여섯째, 마음의 고향-존재의 퇴색한 부분을 간직할 것

일곱째, 글을 쓸 것-마음속의 진실을 형상화할 것

여덟째, 술-그것은 지혜의 학교

아홉째, 모데라토 칸타빌레-극단보다는 절제를 가질 것

이 모두가 나를 위한 충고처럼 들렸다.

빨리빨리!

일을 할 때도 놀 때도 마찬가지다. 바쁘게 행동할수록 누림이 적다는 사실을, 천천히 읽을수록 와 닿는 게 많다는 사실에 동감해야 했다. 솔직히 난 이 책을 읽으면서도 빨리 끝나지 않는 것을 얼마나 지루해 했던가. 결국 느림은 개인의 성격문제가 아니라 삶의 선택에 관한 문제라는 것을, 느림이란 부드럽고 우아하고 배려 깊은 삶의 방식이란 사실을 인정해야만 했다. 그렇게 느려져서 오래 남은 기억은 추억이 될 것이다. 그것이 아름답든지 팍팍하든지 소중한 추억은 인생의 값진 재료가 된다. 이 재료를 가지고 우리는 삶이라는 시를 빚어내는 것이리라.

나는 읽던 책을 제자리에 꽂아놓고 지혜의 학교에나 갈 작정으

로 가만히 서점을 빠져나왔다. 마음의 고향을 찾아 극단보다는 절제를 바라며 마음껏 빈둥거리기로 싶어서였다. 나는 지그시 눈을 감고 한껏 여유를 부리며 추억의 세계로 빠져들었다.

하지만 얼마 지나지 않아 뭉클하게 가슴을 짓누르는 바위 같은 게 느껴졌다. 할 수 없이 나는 송두리째 내 마음을 사로잡았던 문구를 찾아 또 다른 책을 펼쳐 들었다.

"거친 노동을 좋아하고 빠른 자, 새로운 자, 낯선 자에게 마음이 가는 모든 이들아. 너희 참을성이 부족하구나. 너희의 부지런함은 자기 자신을 망각하려는 의지이며 도피다. 너희가 삶을 더 믿는다면 순간에 몸을 던지는 일이 줄어들 것이다. 하지만 너희는 내실이 부족해서 기다리지도 못한다.—심지어 게으름을 부리지도 못하는구나."

    — 니체, 『짜라투스트라는 이렇게 말했다』

나는 여전히 방황하는 나에게 다시 물었다.

너는 불쌍한 개미족이 되기를 바라는가, 여유 있는 베짱이족이 되기를 바라는가.

구원의 확신

구원의 확신이 있습니까?

초보 의사로 첫발을 내딛던 때, 온 세상을 호령하며 세상의 환자
들을 모두 다 구원할 것처럼 호기를 부리던 시절, 믿음이 강하고 환
자들에게 친절한 수간호사의 갑작스러운 질문에 우리는 적잖이 당
황했다. 그 말은 청진기를 목에 걸고 고개를 빳빳이 들고 다니던 내
가슴에 커다란 파문을 일으켰다.

그 말은 천사표로 소문 난 수간호사가 독실한 크리스천 동료 의사
에게 던진 질문이었다. 회식 자리였고 서너 배의 술잔이 오간 후
였다.

동료 의사는 학창 시절부터 믿음이 좋아 각종 봉사 활동과 선교
활동 등에 열정적이었다. 그의 선행은 의과 대학 강의실에서부터 널
리 알려졌다. 당번 제도가 없으면서도 일 년 내내 한 강의실만 쓰는

의과 대학에서 그의 존재는 더욱 빛날 수밖에 없었다.

수업 시간이 끝나면 칠판의 판서들을 깨끗이 지우고 칠판 닦이를 말끔히 털어놓고, 교실의 자질구레한 일들을 도맡아 처리하면서도 입가에는 미소가 떠나지 않았다. 아마 신이 존재한다면 신과 인간의 중간쯤에 네 존재가 있을 거라며 자연스럽게 그를 예수라 불렀다.

그는 오래 전부터 교회에서 사귀어 온 여학생이 있었는데 졸업하자마자 일찍 그 여자와 결혼한 터였다.

그런데 글쎄 그 예수쟁이 범생이가 결혼한 지 얼마 안 된 아내를 두고 병원 내 신참 간호사와 사랑에 빠져 버린 것이다. 이 일로 온 병원이 발칵 뒤집혔다. 사랑 앞에 무기력하게 무너져 버린 예수님께 그를 잘 알던 친구들마저 혼란스러워할 무렵, 천사가 예수에게 던진 단도직입적인 질문이었다.

그때 십자가를 등에 지고 피를 철철 흘리는 예수를 보며 한편 킬킬대고 또 한 편으로는 고소해 했지만, 분위기는 삽시간에 얼음장처럼 굳어 버렸다. 어쩌면 그것은 우리 모두를 향한 질문이었기 때문이다.

그런데 며칠 전 문학모임에서 그때와 똑같은 질문을 받았다.

"문학이 구원이 되십니까?"

여전히 문학에 대한 확신이 없이 전전긍긍하는 내게 술이 거나하게 오른 문학 선배가 질문한 것이다.

대답을 못 하고 쩔쩔매고 있는 나를 보며 선배가 말을 이어갔다.

"문학을 하는 궁극적인 목적은 자기구원에 있지요."

"요즘 유행처럼 번지는 힐링이라는 말도 따지고 보면 구원의 확신에서 기인하고요."

선뜻 이해하기 힘든 말이었다. 목숨 걸고 문학 하여 세상을 구원해야 한다는 말인지 문학에 전념하지 말고 그저 자기 위안이나 삼으라는 말인지 헷갈려 고개를 갸우뚱거리고 있는데 그가 다시 말했다. 문학작품이란 독자를 위해 쓴 글이 아니라 자기 자신을 위해 써야 한다고. 작품의 마지막 독자가 작가 자신이 될 각오로 글을 써야 한다고……. 태연하게 말하는 그의 모습이 빈병처럼 고독해 보였다. 아직까지 한 번도 생각해 보지 않았던 작가정신이란 말이 형형한 그의 눈빛과 함께 술잔에 어른거렸다.

나는 20여 년 전에 받았고 방금 전에 또다시 받은 질문을 술안주처럼 곱씹어 보았다. 인간이 극심한 고통과 갈등에 빠지게 되면 무엇을 찾게 될까? 무엇이 자기를 구원해 줄 것이라고 확신하게 될까?

형이상학적으로 말하자면 문학·예술·종교 등에 심취하고 형이하학적으로는 음주·도박·섹스 등에 집착할 것이다.

그렇다면 나를 구원해줄 수 있는 건 무엇일까?

별 볼 일 없는 동네의사이면서도 환자의 주머니 사정보다는 제 배불리기에 여념이 없는 알량한 히포크라테스이고, 어정쩡한 문학관

을 가지고서도 문학만이 황량한 벌판에서 나를 이끌어주는 이정표
라 믿고 싶은 돌팔이 시인이고, 불안과 강박을 신처럼 떠받들며 인
생을 방황하는 이 떠돌이를 구원할 수 있는 것은 도대체 무엇일까.

아무런 대꾸 없이 허공만 응시하는 나를 제쳐놓고 여전히 선배는
주저리주저리 읊조렸다. 문학, 구원, 확신이란 말들이 폭탄주처
럼 뒤엉켰다. 희한하게 그의 눈동자는 술에 취해서도 이슬처럼 영롱
했다.

나는 그에게 돌직구를 날렸다.

"구원의 확신이 있습니까?"

그의 말린 혀는 더욱 꼬였다.

술잔이나 채우시게…….

닥터 K

의업을 숭상하면서도 문학에 이끌린 의사들이 함께 모였다. 의학과 문학이라는 다분히 이질적인 두 학문의 만남도 진정성을 매개로 한다면 소통할 수 있지 않을까. 의사와 환자의 관계처럼 말이다. 의사가 아닌 환자의 입장에서 바라보면 의학은 더욱 간절하고 절실해진다. 하지만 작금의 의사들은 더는 히포크라테스 선서를 기억하지 않으며, 슈바이처를 가슴에 품지 않는다. 의업은 돈벌이의 수단으로 전락하였고, 의사들은 돈밖에 모르는 파렴치한으로 인식되는 현실 앞에서 고뇌하고 갈등한다.

이렇듯 의사와 환자 사이 깊게 팬 불신의 벽을 메울 방법은 없는가? 서로 간에 신뢰를 회복하고 온전히 소통할 수 있는 수단은 무엇일까? 이에 대한 해답을 찾기 위한 여러 대안이 제시되었는데 그중 하나가 바로 의학과 문학의 만남의 장이다.

그렇다면 의학과 문학의 공통점은 무엇일까.

그것은 아마 고통으로부터 출발한다는 사실이고, 둘 다 치유를 목표로 한다는 데 있을 것이다. 육체의 고통을 치유하는 의학과 마음의 고통을 치유하는 문학의 만남은 어쩌면 자연스러운 일일지도 모른다.

작년에 발족한 한국의사시인회가 첫 사화집 『닥터 K』를 올여름 세상에 내놓았다.

환자를 사랑하는 마음으로 시를 사랑하는 의사들이 한자리에 모인 것이다. 누구는 가운을 입은 채 냉혹한 의료현장을 분석하고, 누구는 가운을 벗은 채 따뜻하지만 낮은 삶의 현장을 들여다본다. 비록 의사시인들의 소박한 글쓰기이지만 시대를 배경으로 한 나름의 자화상이라 할 수 있다. 잠시 의사 가운을 벗어던진 닥터 K들은 밤잠을 밀어두고 섬세한 인간애를 시의 행간에 심어 놓은 것이다.

마종기 시인은 시집의 서문에서 "과학자인 의사가 어떻게 환자라는 인간의 고통과 불안을 함께 아파하고 또 함께 눈물 흘리는지를 볼 기회가 왔습니다. 더불어 의사라는 인간이 목석이 아니고 어떻게 자신의 의지를 지키며 불완전한 자신을 깨워 이겨나가는지를 볼 수도 있을 것입니다"라고 말하고 있다.

조촐하지만 출간을 기념하는 자리도 함께 마련했다. 의사시인들이 모처럼 한자리에 모였기에 의사라는 직업을 가지고 글을 쓰는 고충을 자연스럽게 토로할 기회가 되었다. 육체의 병을 치유하는 의사들이 인간의 마음은 어떻게 어루만질 수 있을까에 대한 답을 스스로 찾아 나선 것이다. 하지만 아무도 속 시원한 답을 내어놓지 못한 채 또 다른 고민 속으로 빠져들었다.

과연 문학이 치유의 효과가 있을까. 치유는 커녕 시 쓴답시고 의사의 본업에 충실하지 않은 것은 아닐까. 문학을 핑계로 오히려 환자에게 소홀히 대하는 것은 아닐까.

문학은 쉽게 잡을 수 있을 것 같기도 하고, 어쩌면 영원히 손아귀에 넣지 못하고 가슴만 태울지도 모르는 일인데 말이다. 늦은 시간까지 술잔을 기울이며 문학의 역할에 대해 고심했지만, 속내는 복잡해지고 내면의 갈등은 더욱 깊어졌다.

시를 쓰는 작업은 의지만으로 할 수 없는 부분이 분명 존재한다. 시가 내게로 오기를 기다려야 한다. 그래야 비로소 펜을 잡고 마우스를 움직이며 키보드를 두드린다.

외롭고 높고 쓸쓸하게 태어났다는 시인 백석의 심정을 헤아려 보려 했지만 쓸쓸한 등을 기댈만한 흰 바람벽은 찾지 못한 채 닥터 K를 위한 변주만 계속 늘어놓아야 했다. 청진기를 통해서만 세상과 소통하는 닥터 K에게 시를 쓴다는 행위는 의사의 직분에 더욱 충실해야 한다는 히포크라테스의 가르침이 아닐는지.

인생은 짧고 의술은 길다. 때는 순식간에 지나가고, 경험은 오류가 많으며, 판단은 어렵다. 의사는 그 자신이 올바른 일을 할 준비뿐만 아니라 환자와 간병인, 외부 여건을 치료에 협력하게 할 준비도 되어 있어야 한다.

지치고 힘들 때마다 초심으로 돌아가라는 히포크라테스의 첫 번째 아포리즘은 외롭고 높고 쓸쓸함을 강조한 백석의 가르침과 맞닿아 있었다.

푸른 감옥

사랑이 사인死因이 될 수 있을까?

'푸른 감옥'이라는 시를 낭송하다가 시의 맨 마지막 연에 나온 구절에 누군가 의문을 제기한 것이다.

치정에 얽힌 살인이 뉴스에 등장하고, 이루어질 수 없는 사랑 앞에 기꺼이 목숨을 내 던진 젊은 연인들의 이야기도 심심찮게 들을 수 있다. 아름답고 숭고하여 인류의 영원한 로망일 것 같은 사랑도 지나치면 치명적인 독이 될 수도 있다. 마치 파르마콘처럼. 그래서 사랑에 얽힌 죽음은 동서고금을 막론하고 소설이나 영화의 단골 소재가 되기도 한다. 물론 거기에는 문학적 장치가 덧붙여지고 작가에 의해 심미적 요소가 적당히 가미해져 죽음에 대한 거부감을 희석하여 가능한 일일 것이다. 하지만 글을 쓴 작가가 직접 살인을 저지른 당사자라면 어떨까? 게다가 아직 죗값을 다 치르지 못하고 현재

복역 중인 재소자라면.

　얼마 전 한국의사시인회 모임에서의 일이다. 정기총회를 겸한 문학모임에서 재소자들과 시를 이야기하다. 라는 제목의 시회를 동시에 진행하였다. 그날 강의를 맡아 준 시인은 여러 구치소를 방문하여 직접 재소자들과 시를 이야기하고 또 그들이 직접 쓴 시들을 함께 읽으며 그들의 마음을 헤아리는 작업을 지속하고 있다고 했다. 그와 함께 시의 역할에 대해 이야기하던 중 재소자들이 직접 쓴 시들을 감상할 기회를 가진 것이다.

　　홀로 그댈 보낼 수 없어
　　나 또한 그대 옆에 누웠네
　　출구 없는 푸른 감옥에 갇혔네

　　내가 할 수 있는 건
　　내 남은 사랑으로 그대를 덥히는
　　나도 그대를 따라 순장되는 일

　　난 그대를 맴도는 영원한 수배자

　　후세인이여,

우리 사이를 갈라놓지 마라

그저 사랑이 사인이었으니

- 「푸른 감옥」 부분

　이 글을 쓴 재소자는 변심한 연인을 살해한 후 십수 년째 복역 중
이라 했다.

　시의 모티브가 된 사연도 함께 소개하였다.

　"2007년 이탈리아 신석기 유적지에서 얼굴을 마주 보며 포옹하는
듯한 두 남녀의 유골이 발굴되었다. 영원할 듯한 그들의 포옹은
6000년이 지난 지금, 실험실로 보내지기 위해서…."

　그는 사랑이 사인이 될 수 있다고 정말로 확신하고 있는 것일까.
사랑과 증오는 감정의 출처가 똑같다는 사실을 망각한 건 아닐
까. 배신감에 대한 분노를 극단적인 방법으로 표출한 후 평생을 후
회와 회한으로 살고 있는 자신의 인생에 대해 그는 무슨 생각을 하
고 있을까.

　처음엔 그도 죄의식으로 몸부림 쳤을 것이다. 하지만 시간을 곱씹
으면서 분노와 함께 적개심도 서서히 삭혀졌을 것이다. 그렇다면 평
정심을 되찾은 후 그에게 찾아온 감정의 실체는 무엇일까. 진정한
사랑일까. 아니면 증오의 또 다른 표현일까.

　그의 정확한 속내는 알 수 없지만 지금 그는 열정적으로 글을 읽
고 시를 쓴다고 했다. 모든 재소자들에게 강제적으로 주어진 텔레비

전 시청 시간에도 솜으로 귀를 틀어막고 시를 쓴다는 것이다.

그토록 어려운 환경에서 그는 왜 시 쓰기를 계속할까?

그에게 시 쓰기란 부족한 사랑을 채우는 작업이 아닐까.

하지만 사랑은 그 무엇으로도 대신할 수 없는 지극한 감정이다. 한 편의 글이나 감정의 표현만으로 양심의 벽돌을 쌓을 수는 없다. 한 편의 시가 자신에게 용서되는 건 더더욱 아니다. 문학이란 위로가 될지언정 과오를 용서하는 수단은 아니기 때문이다. 어차피 문학이 사람을 교화하거나 처벌할 수 있는 수단은 아니지 않은가.

그 날 강의의 제목처럼 시의 역할이라는 거대담론에 한마디로 답할 수는 없었지만 나름대로 동의는 구할 수 있었다.

시의 역할은 그저 인간의 감정을 순화시킬 수 있는 카타르시스 하나로도 족하다. 시를 읽으며 자신의 과거를 되돌아보고 어쩌면 내면 깊숙이 숨어 평소엔 드러나지 않던 맑은 심성을 거울처럼 들여다볼 수 있으면 그만이다. 나는 그 재소자가 시를 읽고 시를 쓰는 일을 지속하였으면 하는 바람뿐이다.

진화 혹은 소멸의 기억

인간의 기억은 유한하다. 시간이 지나면 모든 기억은 잊히게 마련이다. 망각이 없다면 세상은 그야말로 아수라장이 될 것이다. 아무리 큰 슬픔을 겪어도 우리는 망각의 도움을 받아 평정심을 유지할수 있다. 하늘이 무너진다는 부모님의 죽음도 삼일장을 치르고 삼우제를 지내고 나면 대부분 너그럽게 일상으로 복귀한다. 하지만 자책감이 너무 심하거나 이후에 닥쳐올 두려움이 너무 클 경우 망각을저해하는 요인이 되기도 한다. 가끔 불효자가 부모님의 영정 앞에서땅을 치고 통곡하는 모습을 볼 수 있는데 이 또한 불효에 대한 자책감이 너무 심하거나 세상에 홀로 남겨진 자신에 대한 두려움이 크기때문이다.

외상 후 스트레스 증후군처럼 트라우마가 너무 큰 경우에도 망각의 도움을 받지 못한 채 평생 괴로워하며 지낼 수 있다. 좋은 기억을 잃어버린다는 것은 슬픈 일이지만 망각 그 자체가 비극은 아니다. 어쩌면 망각은 더 나은 미래로 변화를 이끄는 기억의 진화일지도 모르기 때문이다.

좋지 않은 기억은 일찍 잃어버리고 좋은 추억들만 오래 기억하면 얼마나 좋을까. 하지만 우리 뇌는 그렇게 선별적 기능을 수행하지 못한다. 뇌의 기질적 병변에 의해 혹은 알 수 없는 원인으로 인해 너무 빨리 기억을 잃어버리는 경우가 있다. 알츠하이머병이라 불리는 노인성 치매, 이른바 기억의 소멸이다.

날마다 출근하는 그는
가슴에 명찰을 차고 다닌다
코흘리개 시절 달았던 손수건 대신
스마트폰과 현관 키를 목에 걸고 다닌다
뼈와 가죽이 맞닿은 가슴에
스마트한 영정사진을 품고 다닌다

키가 절벽인 그는
청각장애 1급 자격증도 함께 가지고 있다
아무리 큰 소리로 이름을 불러도
대답 대신 명찰을 슬그머니 내민다

최신식 보청기를 양 귀에 끼고 다녀도
멀대 같은 얼굴 표정은 언제나 그대로이다

전직 은행원인 그는
복지원에 출근하여 온종일 돈을 센다
마감이 임박하면 늘 같은 액수의 돈을 지불한다
그를 출근시키는 며느리에게도
그를 돌보는 요양보호사한테도
하루가 지나면 지갑은 똑같은 돈으로 채워진다

귀가 어두운 대신 눈은 밝아
아직까지 눈물을 잃어버린 적은 없다

　　　　　　　　　－ 김연종, 「알츠하이머씨 이야기」 전문

　단골손님처럼 병원에 자주 다니던 환자가 어느 날 보호자를 대동하고 진료실로 들어왔다. 내가 반갑게 맞이해도 마치 처음 보는 사람 대하듯 한다. 자꾸만 고개를 갸우뚱거리는 폼이 내가 누구인지 모르는 눈치다.

　낯설어하는 그에게 노인장기요양 의사소견서를 위해 몇 가지 질문을 했다.

　"오늘이 몇 월 며칠인가요?"

"지금 계시는 곳이 어디지요, 무엇을 하는 곳인가요?"

"100에서 7을 빼면 얼마인가요?"

그는 치매 진단을 위한 기본적인 질문에서 지남력과 인지기능의 현저한 감소를 보였다. 대답 대신 어린아이처럼 해맑게 웃기만 하는 환자 곁에서 대답을 거들던 보호자가 도리어 내게 질문했다.

"기억이 더 감퇴하면 아내와 자식도 못 알아볼까요?"

"신경과에서 처방해 준 약이 과연 효과가 있을까요?"

나는 아무 대답도 할 수 없었다. 똑똑했던 그의 지난 모습과 어눌한 현재의 모습이 뒤섞여 몹시 혼란스러웠다. 조각난 기억의 조각들을 짜 맞출 방법이 대체 무엇일까. 좋은 기억들만 자꾸 들려주면 인지기능의 복원이 가능할까. 손상된 뇌세포를 회복시켜주는 약을 장기복용하면 사라진 기억이 정말로 되살아날까. 나는 대답 대신 환자의 안부만 물었다. 그 약효에 대해 설명하기 싫어서가 아니라 기억을 되살린다는 확신이 없어서였다.

문학과 의학의 연리지

가난과 병마 – 문학적 토양

아득한 내 유년을 관통하는 커다란 두 물줄기는 가난과 병마였다. 그것은 유년시절의 아픈 기억이지만 내 서정의 바탕을 이루는 문학적 토양이기도 하다. 한국의 베이비붐 세대라면 누구나 경험했던 일이겠지만 당시 농촌의 궁핍은 생각보다 훨씬 깊고 암울했다. 나는 차비가 없어 십오 리나 되는 읍내 중학교를 걸어 다녀야 했다. 그때 눈앞을 스쳐 지나는 완행열차는 흔들리는 로망이자 달콤한 유혹이기도 했다. 울타리도 없는 간이역을 통과하는 비둘기호 열차에 무임승차하는 것은 여름날의 참외서리처럼 고만고만한 또래의 무용담이었다.

신 새벽,

극락 가는 비둘기는 딱 한번

지친 몸을 낮추었다

낡디 낡은 석유곤로 위에서

이미 퍼져버린 라면국물 한 보시기로 짙은 새벽을 달래야만

면발은 내 안에서 힘을 보탰다

낮게 드러누운 풀밭 사이로 더욱 몸을 낮춰

여시* 같은 역무원의 날카로운 더듬이를 피해야만

극락으로 향하는 길은 있었다

극락왕생을 기원하며

진종일 선로를 떠받들고 있는 枕木들은

늙은 여시의 사주를 받았는지

감시의 눈길을 좀체 게을리 하지 않았다

하얗게 통금이 목을 죄던 밤 열 한 시 반

송정리행 비둘기호

극락 갔다 되돌아오는 마지막 소복열차는

자정을 넘겨야만 비로소

생기가 돌았다

쥐새끼보다도 더 날쌘 동작으로

볕 안 드는 개구멍을 통과해 무임승차한 극락의 밤엔

하룻밤에도 수없이

나는 극락과 지옥을 오가며

가쁜 숨을 몰아쉬고
그때마다 내 이마엔
분홍의 열꽃이 피었다

애시당초
극락은 존재하지 않았다

*극락강역 : 광주역과 송정리역 사이에 있는 조그만 간이역.
*여시 : 여우의 전라도 사투리로 역무원의 별명.

－「極樂江驛*」전문

  극락의 시간은 오래가지 못했다. 결국 여시한테 붙잡혀 고된 벌을
받고 다시 평온한 가난으로 되돌아왔다. 하지만 더 큰 고행의 시간
이 찾아왔다. 중학교 3학년 진급을 앞두고 찾아온 겨울감기가 도무
지 낫지 않았던 것이다. 근 한 달 가량 지속된 기침이 멎지 않고 급
기야 두엄자리에 붉은 피를 토해냈다. 선홍빛 객혈을 하고 오후의
미열이 지속될 때까지 나는 결핵이라는 병명을 알지 못했다. 보건소
에서 결핵이라는 병명을 처음으로 들은 이후 독한 결핵약을 책가방
에 넣고 다니며 아무도 몰래 먹어치웠다.
  내 청춘을 온전히 갉아 먹었던 폐결핵은 대학입학 전까지 세 차례
나 발병했다. 많은 문학작품에서 낭만적으로 그려진 폐결핵이 나에
게는 실존적 가난과 병마의 상징이었던 것이다.

의사로서의 삶 - 문학적 잠복기

결국, 한 번의 휴학과 재수 끝에 동료들보다 2년 늦게 의과대학에 입학했다. 가난과 병마를 한꺼번에 해결할 방도를 찾았지만 언제나 현실은 팍팍했다. 여전히 가난은 해결되지 않았고 문학은 아득히 멀리 있었다. 중고 시절, 국정교과서에 실리지 않는 시나 소설은 가까이해서는 안 되는 금서였고 대학시절에도 문학은 사치스런 장식품처럼 느껴졌다. 교과과정 어디에도 문학의 흔적은 보이지 않았다. 의사로서 마땅히 갖추어야 할 교양과정에서조차 인문학 강좌는 찾아볼 수 없었다. 주어진 커리큘럼에 순응하는 자만 살아남았고 한눈을 파는 자는 여지없이 나가떨어졌다.

나는 주위를 살필 여력이 없이 그저 앞만 보고 달렸다. 그리고 허울 좋은 의사가 되었다. 하지만 중병을 앓듯 또다시 시름시름 앓았다.

얼음 심장과 술에 찌든 간으로
그는 오늘도 현장을 재촉한다
블루칼라의
넥타이 같은 청진기를 목에 메고
안경 밖의 세상을 조명한다
버림받은 고양이의 울음소리만
시멘트 바닥 같은 흉곽의 동굴에 나뒹굴고

핏기없는 사람들은 저마다 입을 다물었다
청진기를 통해서만
세상과 소통하는 그,
얼어버린 심장과 딱딱한 폐는
이제 더 이상
그의 삶의 지폐가 아니다
실핏줄 같은 병력들을 모아
동맥의 바코드로 정리하고
오늘도 그는 무당처럼
주문을 외워댄다
올무에 걸린 들쥐들이
바르르 몸을 떤다

K가 고양이처럼 발광한다
K가 쓰디쓴 토물을 닦고 있다
K가 흩어진 간을 주워담는다

- 「닥터 K를 위한 변주」 전문

　의과대학을 졸업하고 인턴을 거쳐 내과의사로 수련을 마칠 때까지 한시도 쉬지 않고 내달렸다. 군의관으로 입대하면서 잠시나마 나를 돌아볼 수 있는 여유가 생겼다. 나는 잠시 잃어버렸던 나를 찾아 멀게만 느껴졌던 인문학이나 철학 서적 등을 가까이할 수 있었다.

또한 각종 문예지와 소설들을 독파하면서 문학에 매료되기 시작했다. 그동안 내 안 깊은 곳에 숨어 보이지 않았던 감성들이 하나씩 나를 향해 소리쳤다. 그렇게 마흔을 넘겨서야 문학판에 발을 담그고 때늦은 문청의 열병을 다시 앓았다.

시인으로서의 삶 – 문학적 경계인

늦깎이 등단으로 열혈 문학청년이 된 나는 이른 새벽 기상하여 책을 읽고 시를 구상하며 문학이란 섬을 향해 물 만난 물고기처럼 부단히 헤엄쳐 갔다. 그리고 처녀시집『극락강역』으로 의사 문학상을 받게 되는 행운까지 누렸다. 하지만 의사문학상이라는 묵직한 의미처럼 문학가로서의 삶도 결코 만만치는 않았다. 한없이 부드럽고 포근하리라 생각했던 문학의 현장은 차가운 이성이 지배하는 비정한 의학현장과 하등 다를 게 없었다.

문학에 대한 관심이 깊어질수록 시름도 깊어졌다. 내 글쓰기의 자의식은 무엇인가, 텍스트로서의 시론은 가지지 못할지라도 시 쓰기의 당위성은 어디서 도래하는가. 점점 관념화되고 누구의 가슴도 울리지 못할 넋두리를 계속 쏟아내야 할 것인가.

여기저기 기웃거리다
근본 없이 태어났다
돌이켜보면 즐거운 상상보다는

고통스러운 기억뿐이다

누구든지 출생의 비밀 하나씩

간직하기 마련이지만

무녀 같은 직감으로 즐겁게 출발하여도

빈곤한 내 상상력으로는

하룻밤을 지새우기도 버겁다

돌부리 같은 영감 하나 발뿌리에 채이면

몇 날 며칠 시름시름 앓기도 한다

병마처럼 엉겨 붙은 루머의 씨앗을 찾아

얼룩진 육신 여기저기를 타진한다

詩란 우연한 소문으로 태어난 것일 뿐

거기에 아무런 의미도 없다

여전히 수치심뿐인

신원미상의 붉은 핏덩이 하나

투명한 유리관에서 숙성 중이다

— 「인큐베이터」 전문

의학은 인간을 논하는 학문이다. 그러기에 의학은 문학 역사 철학 등 다양한 학문과의 소통이 절실하다. 이제 현대의학은 과학적 사고의 한계에 직면해 있다. 놀랄 만한 진단 기술의 발전과 획기적인 치료의 성과에도 불구하고 환자들로부터 받는 불신의 벽은 오히려 높아졌다. 환자의 인간적인 면보다는 질병의 속성만을 보고 치료한 결과이다. 의학의 한계를 극복하기 위해서는 과학적 사고의 진전뿐 아니라 문학적 상상력에 대한 이해가 필요한 대목이다. 그럼에도 의료 현장은 여전히 지식만을 강요한다. 도약을 위해서는 상상력의 날개가 필요하다. 이는 내 문학이 나아가야 할 궁극적 지향점이기도 하다.

　

나의 텍스트는
피와 살과 뼈로만 기록되어 있다
도제 시스템으로 단련되어
전염력이 매우 강하다
세균을 혐오하지만
오직 세균의 힘으로만 부패한다
한 번 피 맛을 본 후론
달콤한 적포도주로도 갈증이 해소되지 않는다
바스락거리는 뼈 맛을 느끼고 나선
부드러운 육질을 거부한다
두개골은 갑각류의 등딱지보다 단단하고
매끈한 피부는 사나운 짐승의 가죽보다 질기다
박쥐처럼 초음파를 이용하고
동굴 같은 내시경을 들여다보지만
몸속 깊은 슬픔의 발원지를 찾을 수 없다
만약 내게 투시경이 주어진다면

옷 속에 감추어진 외부성기가 아니라

욕망을 감추어둔 내면의 장기를 훑고 싶다

캡슐 내시경처럼

입에서 항문까지 구불구불한 텍스트를

구석구석 밑줄 긋고 싶다

형광펜처럼 빛나는 고독의 기시부를 다시 찾고 싶다

오진과 오독 사이에서 또 하루를 탕진하였다

부패와 발효 사이 아찔한 칼날 위에 선

오늘도

온통 오류투성이다

- 「Homo medicus」 전문

　나는 문학 모임에 나가면 건강에 대해서만 질문받고 의사 모임에
가면 문학에 대한 질문만 받는다. 필시 어디에서도 인정받지 못한
경계인의 삶을 말하지만 나는 이들을 떠나서 견딜 수 없는 존재가
되었다. 이 둘은 전혀 다른 뿌리를 가졌지만 동질성의 나뭇결로 변
신한 하나의 몸통인 것일까, 마치 나의 모호한 정체성처럼.

　러시아의 유명작가이자 의사인 안톤 체홉은 '의학은 아내, 문학은
정부情婦'라는 말로 이 둘에 대한 애정을 과시했다. 어쩌면 내게도 문
학과 의학은 운명처럼 엉겨붙은 연리지일지도 모른다.

좌뇌형 인간 우뇌형 인간

베르베르 베르나르의 소설 『뇌』를 읽은 적이 있다.

소설의 주인공인 인간은 컴퓨터와 체스 대결에서 승리하여 세계 챔피언에 등극하지만 곧바로 죽음을 맞게 된다. 이 죽음을 파헤치는 과정에서 뇌의 신비와 인간 최후의 비밀을 하나씩 밝혀 나가는 공상 과학 이야기다.

우리가 살아가면서 생각하고 느끼고 행동하는 모든 행위는 뇌의 명령을 따른다. 그 행위에 대한 모든 기억 또한 뇌에 기록하고 저장한다. 뇌는 모든 신경계의 중추신경계로 분류되며 컴퓨터로 말하자면 중앙제어장치에 해당한다. 지금까지 수많은 연구가 진행되었지만 그 기능을 모두 다 밝히지 못한 채 뇌는 여전히 신비의 대상으로 남아있다.

뇌는 해부학적 위치에 따라 좌뇌와 우뇌로 구분하며 좌뇌는 신체의 우측 부분을 우뇌는 신체의 좌측 부분을 관장한다. 또한 인간의 행동양식에 따라 좌뇌형 인간과 우뇌형 인간으로 구분하기도 한다.

좌뇌형 인간은 논리적이고 수학과 과학에 능하여 이성적인 사고를 하는 반면 우뇌형 인간은 감성과 직관이 발달하여 사물의 작은 특성보다는 전체를 보는 힘이 있어 감성이 풍부한 작가나 예술가가 많다는 것이다.

물론 좌뇌형 인간과 우뇌형 인간을 정확하게 구분하는 것은 애당초 불가능할뿐더러 거기에 큰 의미도 없다. 오히려 한쪽으로 치우치지 않고 두 가지 영역을 조화롭게 사용하여야 상상력과 창의력을 극대화 시킬 수 있다고 생각된다.

꼭 그런 조화 때문은 아니지만 최근 들어 문학과 의학의 만남이 곳곳에서 이루어지고 있다.

몇 년 전 문학의학학회가 결성되어 문학과 의학의 접점을 찾으려는 시도가 있었던 이래 많은 의과 대학에서 인문학의 중요성을 인식하고 해당 과목을 개설하였으며 많은 문학 작품 등을 의과대학생에게 소개하고 있다. 이것은 기존 의사들에게도 그대로 적용되어 문학의학학회에 이어 한국의사시인회가 결성되었다.

이른바 시 쓰는 의사들이 한자리에 모인 것이다. 지난 주말 오후, 진료를 마친 의사들이 준비한 도시락을 함께 먹으며 시 쓰는 의사로서의 고충뿐 아니라 치유로서의 문학에 대해서도 많은 의견을 나누었다.

"의학을 실험적 검증과 과학적 추론만의 영역으로 경계 짓는 것은 미흡하다. 진정한 의학은 인간에 대한 심오한 이해에 관점을 두고 있다는 점에서 시詩와 깊이 닿아 있다. 따라서 시와 의학의 융합은 직관, 상상력 그리고 창의적 공감을 바탕으로 서로를 풍부하게 한다.

그러나 현실은 의학과 시가 과학과 예술로 구분되어 각각의 영토에 제각기 놓여 있을 뿐이다. 이러한 상황은 의학과 시의 사이에 놓여있는 고급스러운 구별을 헐어내고 사귀어 서로 오가는 통섭通涉의 능력을 갖춘 의사시인의 능동적 역할을 요구하고 있다."

한국의사시인회 창립 취지문에서도 시 쓰는 행위와 의료 행위 사이에서 그 접점을 찾기 위해 갈등하고 고민하는 모습이 여실히 드러나 있다. 여태껏 눈에 보이는 상처를 돌보고 육신의 고통을 나누는 존재였다면 이제부터는 뿌리 깊은 인간 내면의 고통과 함께 하며 자신을 치유하는 계기로 삼고자 한다는 뜻일 것이다.

유명 시인이자 우리나라 골수이식의 권위자인 A시인은 오래도록 좌뇌만 사용하다 보니 삶의 균형을 잃어버렸다면서 정년퇴임을 한 지금부터라도 우뇌의 활성화를 위해 심혈을 기울이겠노라 말하였고, 대중적 인지도와 함께 많은 독자층을 가지고 있는 B시인은 여전히 의사와 시인 사이의 정체성에 대해 고민하고 있다고 했다.

익숙한 분위기의 세미나처럼 모두들 진지한 표정이었지만 한편으론 문청시절로 돌아간 듯 뜨거운 열기가 느껴지기도 했다. 회의를 마치고 나서도 선뜻 집으로 돌아가지 못한 회원들이 다시 근처 호프집으로 장소를 옮겨 대화를 이어갔다.

대화는 좀 더 진지해졌다. 의사시인이라 하기도 하고 시인의사라 하기도 하는 누명 같은 명함을 교환하며 서로에게 혹은 자기 자신에게 되물었다. 문학이, 시詩가 한쪽으로 기울어진 영혼을 곱게 펼 수 있는 도구가 될 수 있는지를.

치유의 효과에 대한 그 질문에 누구도 선뜻 대답하지 못하고 망설일 뿐이었다. 결국 의사로서의 삶도 시인으로의 삶도 결코 만만치 않다는 것을 새삼 확인하고 새로운 의지를 다지는 시간이었다. 견고한 두개골의 좌뇌형 인간들이 밤늦도록 맥주잔을 기울이며 탈각을 시도하고 있었다.

착수생춘

두 번째 시집을 상재하고 한동안 봄을 앓았다.

산고의 고통에 몸살까지 더해진 탓일까, 문지방까지 들이닥친 봄 기운이 손바닥에서만 맴돌 뿐 더는 기척을 하지 않았다. 바이러스처럼 착 달라붙은 감정의 묵은 찌꺼기들로 인해 영혼의 위로는 고사하고 온몸이 욱신거릴 뿐이었다.

내 나름의 비판의식을 가지고 의료현장을 묘사하여 여러 시인과 의사들로부터 격려와 더불어 진심 어린 충고의 말들도 들었지만 여전히 내면의 울림은 미약했다. 시가 구원이 되는지 치유의 효과가 있는지는 차치하고서라도 시집을 발간한다는 사실이 만만치 않은 고통을 가져다주는 것은 확실했다.

그렇게 조금은 우울한 여름을 맞이할 무렵 지인으로부터 한 통의 전화를 받았다. 시집 발간을 축하하며 나에게 선물을 보내고 싶다는 거였다. 지역에서 함께 활동하는 문우지만 오히려 서예가로서 명성과 더 많은 활동을 하고 있는 터였다.

아니나 다를까, 전화를 끊고 얼마 지나지 않아 커다란 족자가 도착했다.

"着手生春 이천십이 년 오월, 님의 두 번째 시집 출판을 축하드리며."

뭉툭한 붓 터치로 힘차게 써 내려간 글씨체였다.

着手生春, 솔직히 그 사자성어가 무슨 뜻인지 전혀 알 수 없었다. 명색이 시인이랍시고 시를 쓰고, 또 이런저런 글을 쓰고 있는데도 말이다. 인터넷을 검색해 보니 여러 해석들이 덧붙여 있었지만 지인의 의도를 생각해서 어렵지 않게 그 뜻을 파악할 수 있었다.

"손길 닿는 곳마다 봄기운이 되살아난다."

아니, 이렇게 깊은 뜻이 숨어 있다니!

나는 뜻밖의 선물에 기뻐하면서 새삼 그 글의 의미를 되새겨 보았다.

그러자 오히려 심정이 복잡해졌다. 손길 닿은 곳마다 봄이 도래하기는커녕 진정으로 환자의 마음까지 헤아리려 노력하고 있는가 하는 사실이 나를 곤혹스럽게 만든 것이다.

또 한편 생각해보니 의사로서 주어진 소임을 다하라는 명백한 훈시처럼 느껴졌다. 생각할수록 부끄러워 얼굴을 들고 글자를 똑바로 바라볼 수 없었다.

결국, 나는 족자를 어디에도 내걸지 못하고 슬쩍 뒷방에 처박아 두었다. 그렇게 몇 날 며칠을 망설이다가 곰곰 생각해 보니 그 글이 부끄러움을 채근하기보다는 경각심을 일깨워줄 수도 있을 것 같다는 생각이 들었다.

오랜 고민 끝에 환자 대기실이 아닌 진료실 바로 뒤편에 족자를 내걸었다. 나와 가장 가까운 등 뒤에서 나를 굽어볼 수 있도록. 그 의미를 되새기며 시들해진 마음을 다잡기 위해서였다.

하지만 족자를 걸고 나자 더욱 난감한 일이 벌어졌다. 너무나 눈에 잘 띄는 곳에 걸어서인지 아니면 정말로 궁금해서인지 갑작스러운 족자의 등장에 환자들이 어리둥절해 하면서도 한 마디씩 건네는 것이었다.

"원장님 저기 걸린 글이 무슨 뜻인가요?"

'손길 닿는 곳마다 봄이 되살아난다.'는 뜻을 이미 알고 내게 추궁하는 것 같았다. 뜨끔해진 나는 에둘러 설명했다.

"봄이 문지방까지 왔지만 아직 봄이 아니고요. 생동하는 봄이 내 손 안에 있다는 말이지요."

나는 인터넷에서 보았던 또 다른 풀이를 말하며 대충 얼버무렸다. 그럴수록 뒤통수가 간지럽고 얼굴이 화끈거림은 어쩔 수 없었다. 계절은 이미 성하지절을 지나 가을로 치닫고 있는데 등뒤에서 근엄한 표정으로 나를 노려보는 듯한 저 족자를 나는 아직도 똑바로 바라볼 수 없다.

3부

5분 그리고 21그램

희망 진술서

꼭 그처럼, 죽음에 있어서도 그 똑같은 미지의 것이 내게 나타날 것입니다. 그리고 나는 이 생명을 사랑하는 까닭에, 죽음 또한 사랑하게 될 것을 알고 있습니다. 어머니가 그 오른편 젖에서 아기를 떼어낼 때 아기는 웁니다만, 바로 그다음 왼편 젖에서 그 위안을 찾아내게 마련이지요.

               – 타고르 『기탄잘리 95』 중에서

배고픔의 욕망이 사그라지지 않았을 때, 어미젖을 떼어내면 아이는 두려움에 떨게 된다. 하지만 곧장 다른 쪽 젖을 물려주면 안도감에 빠져들 것이다. 이승과 저승을 어미의 오른편과 왼편 젖에 비유한 타고르처럼 아무렇지 않게 죽음을 받아들일 수는 없을까. 의사로 생활한 지 20년이 넘는 동안 많은 죽음을 지켜봤지만 언제나 죽음은 낯설고 두려울 뿐이다.

운명의 순리대로 평생을 살고 신의 부름을 받아 삶을 잘 마무리한 사람에게도 여전히 죽음은 낯설고 두려운데 하물며 운명을 거부하고 스스로 선택한 자살은 더 말하여 무엇하겠는가.

지난 5월 경기도 화성과 강원도 춘천에서 동반 자살한 것으로 보이는 사건이 연이어 발생했다. 두 사건이 자동차 안과 민박집 객실로 서로 다른 곳에서 일어났지만, 밀폐된 장소에서 연탄을 이용한 점 등으로 미루어 특정 자살사이트를 매개로 해서 동시에 이뤄진 집단 자살일 가능성에 무게를 두고 정확한 사건 경위를 조사 중이라는 신문기사를 보았다.

물론 자살의 가장 많은 원인은 우울증이다. 치료받지 못한 우울증에서 자살률이 가장 높다. 우리나라 하루 평균 자살자는 무려 35명에 이른다고 한다. 특히 10대 청소년 자살은 교통사고에 이어 사망률 2위를 기록하고 있다. 가히 자살 공화국이라 할 만하다.

자살의 심리를 한마디로 표현하기는 어렵다. 한 인간이 극심한 고통을 겪게 될 때 그 고통에 이르게 한 대상에 대해 극도의 적개심을 품게 되고 마침내 상대방을 죽일 수밖에 없을 때 그 공격적 기제를 자기 자신에게로 향하는 것이라고 말할 수 있다. 즉 내향적 공격성이다. 또한 도덕적 · 양심적 · 종교적인 영역인 초자아가 자아를 향해서 하는 비난을 견딜 수 없을 때 자아가 택한 마지막 선택이다. 따라서 죽음을 대하는 태도도 시대에 따라 변화한다. 부모 혹은 절대자로부터 받은 고귀한 생명을 내 맘대로 버릴 수 없다는 윤리적 혹은 종교적 관점으로부터, 어차피 개인의 생인 내 목숨에 관한 권리는 자신에게만 주어진다는 극단적인 개인주의적 시각까지.

하지만 죽음에 대한 공포는 자살에 대한 유혹보다 훨씬 크다. 그러므로 동반자살이라는 극단적인 방법을 선택하기도 하는 것이다. 실상 동반자살의 심리는 삶의 마지막 길을 누군가와 함께 하고 싶은 욕망, 그리고 한 번도 체험해 보지 못한 죽음에 대한 두려움을 떨쳐 버리기 위함이다. 그래서일까 요즘 들어 자살 사이트가 급증하고 있다.

인터넷 카페에서 우린 처음 만났고
신상에 대해서도 서로 묻지 않았지
미리 준비한 콘돔과 청테이프를 챙겨
펜션과 봉고차 사이를 서성거렸지
초봄이었지만
날씨는 자꾸 쓸쓸하여
자연스레 연탄화덕과 불쏘시개를 껴안고
소주잔을 기울이며 매뉴얼을 숙독했지
미수에 그치는 일이 없도록

서로 몸을 부둥켜안고

몇 번인가 뜸을 들이며 조루와 지루 사이를 배회하다가

희망의 오르가슴을 떠올리기도 했지

그때마다

너의 입술에서 흘러나온 건 탄식뿐이었어 조신한 널 예찬하면서도

단 한 번도 실행에 옮기지 못한

얼빠진 염세주의자들에게 조금씩 지쳐 갔지만

여전히 넌 화려하고 충분히 매혹적이었어

　　　　　　　　　　　　　　　　－「희망 진술서」 부분

　처음엔 사소한 우울증으로부터 출발한 자살에 대한 유혹이 얼마나 끈질긴가를 역설적으로 그려본 필자의 졸시이다. 자살에 대한 징후는 아무리 위장을 해도 곳곳에서 드러나게 마련이다. 인간의 무의식 속에는 영구불변의 삶이 존재하기 때문이다. 그래서 자살하는 대부분의 사람들은 유서를 남기고 죽음이라는 행위를 통하여 자신의 결백이나 사랑 또는 상대방에 대한 증오심을 표현하려 한다. 하지만 마지막 소통의 끈이 사라졌다고 생각될 때 그들은 돌이킬 수 없는 선택을 하고 마는 것이다. 끝까지 들어주고 때때로 동조하고 사리에 턱없이 벗어난 일에 대해서는 마음속의 충고를 빠뜨리지 않는 진심 어린 사랑만이 지푸라기 같은 사회에서 마지막 희망 진술서가 될 수도 있을 것이다.

시인의 출가

법정法頂스님이 열반에 드시던 날 시인 한 분이 출가를 결심했다. 그는 유명 시인이면서 문학잡지뿐만 아니라 불교 전문잡지에 다수의 칼럼 등을 연재해 왔다. 불교에 대한 해박한 지식과 깊은 관심이 있는 줄은 알았지만 직접 부처님께 귀의한다는 것은 상상하지 못한 일이었다.

출가를 며칠 앞둔 그를 몇몇 지인들과 함께 만났다. 그때까지 아무런 언질도 없었기에 평소처럼 담소를 나누는 자리이겠거니 생각했는데 갑작스러운 출가 선언으로 모두가 충격을 받았음은 물론이다. 알고 보니 그는 오래전부터 차분히 주변을 정리해왔고 이미 가족들까지 설득한 상태였다. 그는 오래전부터 우울증을 앓고 있었고 근래에 와서는 몇 차례 입원 치료까지 받은 적이 있어 더욱 병이 깊어졌는가 하고 짐작하던 터였다. 여러 차례 생과 사의 경계선에서 아슬아슬 줄타기를 하며 잘 극복하는가 싶더니 마침내 속세를 떠나기로 결정한 것이다.

그렇게 결정할 수밖에 없었던 그간의 사정과 가족에게의 미안함 그리고 세상과의 질긴 인연을 뿌리치기 쉽지 않았노라고 고백하는 그의 말 속에는 비장함이 묻어 있었다. 그에 반해 내면 깊숙한 곳에 감추어 두었던 행복을 꺼내 보이듯 얼굴은 더없이 평안해 보였다. 문득 '무소유'를 설파해온 법정 스님의 마지막 유언이 오버랩 되어 안도감이 들기도 했다.

나는 정든 가족과 세상과의 인연을 잠시 뒤로 하고 불가에 입문하는 그에게, 성불하시던지, 아니면 파계승이 되어 빨리 우리 곁으로 되돌아오라고 농담 아닌 농담을 던졌지만 그날 밤 나 역시 끝없이 밀려드는 존재의 허무감에 밤새도록 몸서리쳐야만 했다.

그는 생의 고비 때마다 그것을 회피하기보다는 돈키호테처럼 저돌적으로 정면승부했다. 하지만 삶이 그렇게 호락호락하지는 않아 번번이 생의 쓴맛을 느꼈으면서도 기죽거나 의기소침하지 않았다.

힘들 때마다 그의 곁에서 든든한 버팀목이 되었던 것은 부처님의 존재였을까. 스무 살 때 잠시 출가한 경험이 있는 그는 극도로 심신이 지쳐 있을 때면 암자를 찾았고 수도승처럼 몇 달씩 은신 기거하기도 했다. 세상과 조화롭지 못한 영혼을 위해 떠났고 고단한 육신을 달래려고 떠났던 그는 거기서 고갈된 생의 에너지를 재충전하여 돌아오곤 했다. 그렇게 그는 자유롭게 떠났고 자유롭게 돌아왔다. 그는 불가로의 여행을 통해 존재를 구원하려 했고 詩를 통해 그 구원을 확인하려 했던 것일까.

> 냉골처럼 차가운 죽음의 날들입니다
> 내 존재의 허무함을 견딜 수 없어
> 지난 밤에 나는 그 분의 향내음을 타고
> 욕계육천에 다녀 왔습니다
> 자네 무엇하러 여기 왔는가
> 관음보살님이 자애로운 목소리로
> 나의 밤 행차를 물었습니다만
> 나는 대답할 말을 찾지 못했습니다
>
> — 이진영, 「불갑사 시편 4」 부분

존재의 허무감에 대해 끊임없이 묻고 성찰하면서도 뚜렷한 답을 찾지 못한 시인이 존재의 구원을 위해 마지막으로 한 선택은 출가였다. 이미 부인과 두 자녀를 둔 그는 스님의 결혼을 허용하는 태고종을 통해 그것도 싯다르타의 출가와 때를 맞추어 먼 여행을 떠났다.

염색을 하지 않으면 머리카락이 완전 백발인 중년은 틈만 나면 아내를 조른다. "여보, 나 산으로 가고 싶은데 보내줄 수 없겠어?" "좋아, 갈 테면 얼마든지 가라구. 그러나 도장은 꼭 찍어 놓고 가라구. 그리고 박살 난 내 청춘도 반드시 보상해 놓고." 그 같은 아내의 협박에도 불구하고 중년은 올 봄에도 또 참매화꽃 터지는 것을 보려고 순천 선암사로, 영광 불갑사로 가서 한 달포 정도 떠돌다 올 생각이다.

— 「58 개띠들의 이야기」 중에서

이번 결정에도 그의 아내가 순순히 응낙했는지 아니면 도장을 찍고 도망치듯 나왔는지는 확인할 길이 없지만 청춘을 보상해주지 못한 것은 확실하다. 평소 그의 말대로 몸속에 지독한 역마살이 끼어 있는 것인지 아니면 부처님의 뜻대로 운명에 따라 이미 정해진 길을 가는지 모르지만 그는 그렇게 길을 떠났다.

마지막으로 그를 만나던 날, 그는 고뇌에 찬 모습이면서도 편안해 보였다. 나이 들어 새롭게 시작해야 하는 만만치 않은 행자 생활도 단단하게 마음의 준비를 마친 상태라고 했다. 하지만 아내와 자식에 대한 죄스러움은 숨기지 못하고 괴로워했다. 언제나 죄를 짓고 산다는 그의 말대로 그에게 주어진 인간적 고뇌는 스스로 해결해야 할 또 하나의 과제일 것이다. 그는 행자 생활을 마치는 대로 여건이 허락된다면 시 쓰는 일은 계속하고 싶다고 했다. 한 인간으로, 시인으로, 그리고 스님으로 그려낼 우주 저편의 세계가 자못 궁금하다.

아름다운 직무유기

몇 해 전 애완토끼를 기른 적이 있었다. 애완동물을 기르자고 졸라대는 아이들의 성화에 애완토끼를 사들인 것이다. 철없는 어린애들이 병든 병아리를 사서 아파트에서 멀리 날리기 시합을 한다는 뉴스를 보았던 터라 더욱 열심히 돌봐야 한다는 약속을 여러 차례 받았음은 물론이다.

애완토끼는 조그맣고 털이 보드라워 토끼보다는 오히려 병아리에 가까웠다. 토끼장도 새집처럼 귀엽고 아늑했다. 아이들은 부드러운 헝겊으로 토끼장을 따뜻하게 만들어주고 신선한 야채를 듬뿍 사들였으며 주변을 열심히 청소했다. 시도 때도 없이 토끼 곁에서 맴도는 아이들의 손에서 토끼 역시 떠나려 하지 않았다.

하지만 언제부터인지 모르게 토끼는 점점 시들시들해지더니 결국 그 겨울을 넘기지 못하고 죽고 말았다. 모두 어찌할 바를 모르고 발만 동동 구르는 사이에 죽은 토끼는 눈도 감지 않은 채 몸이 딱딱하게 굳어 버렸다.

이제 문제는 죽은 토끼를 어떻게 처리할 것인가로 바뀌었다. 온기를 잃어버린 토끼는 금세 돌덩이처럼 굳어버렸다. 나는 토끼의 눈은 차마 쳐다보지도 못한 채 검은 봉지에 담아 집을 나섰다. 아파트 뒤 조그만 야산에 죽은 토끼를 조심스레 묻고 도망치듯 산에서 내려왔다. 눈을 감지 못한 토끼가 자꾸만 나를 쳐다보는 것 같아서였다.

이 땅에 사는 모든 생명들에게 지난겨울은 몹시 춥고 혹독한 터널의 연속이었다. 평화롭게 살아가던 소와 돼지들은 이유도 모른 채 생매장당했고 조류독감은 순식간에 닭과 오리농장을 덮쳤다. 방역작업을 하던 공무원들은 외상후스트레스증후군에 시달렸고 비탄에 빠진 농부들이 스스로 목숨을 끊는 일까지 생겨났다.

더군다나 살아있는 생명을 자기 손으로 처분하는 것은 얼마나 고통스러운 일인가.

오랜만에 문우가 보내온 시집에는 지난 겨울의 시련이 고스란히 드러나 있었다.

우리 마을에 구제역이 돌았다
군청 직원들이 절뚝거리는 소들을 동구 밖에서 트럭에 싣고 있었다
도축하여
다른 지역으로 전염하는 것을 미리 막기 위해서였다

차에 오르지 않으려고 안간힘으로 버티는,

자기 소의 고삐를 마구 잡아당기고 엉덩이를 떠밀어대는 군청 직원들에게 용택이 아재가 간청했다

"하루만 말미를 달랑께요"

군청 직원들이 그 까닭을 묻자

소의 눈물 속에 얼비친 글썽이는 목소리가 대답했다

"우리 소는 잘 맥이지도 못하고 맨날 부려 먹기만 해서 부지깽이맹키로 삐쩍 말랐지라우 단 하루라도 편히 배불리 맥이고 싶어서 그란당께요"

눈시울 붉어진 군청 직원들이 짐짓 직무를 유기했다

— 「김정원, 긍휼」, 시집 『거룩한 바보』에서

내가 어렸을 때도 가축전염병이 있었다. 미처 손 쓸 틈도 없이 마을 곳곳에서 소나 돼지가 연이어 쓰러지는 일이 벌어졌다.

그때 역시 군청 직원이 마을에 나와 병든 가축들을 격리 조치했다. 하지만 어떤 경우에도 산 짐승을 안락사시키거나 생매장하는 경우는 없었다. 농부들은 그저 아픈 아이를 달래듯 곁에서 지켜볼 뿐이었다.

부들부들 떨고 있는 소들에게 따뜻한 여물을 갖다 놓고 입안 가득 물고 있는 거품을 정성스레 닦아 주었다. 그러다 숨소리가 잦아들면 가만히 눈을 감겨주었다. 체온이 식기 전 가마니로 둘둘 말아 야산

에 묻어 주고 다른 짐승들의 접근을 막기 위해 새끼줄로 표시하고 주변을 말끔히 정리했다. 깊숙하게 땅을 파고 한 마리씩 정성스레 묻은 후 오랫동안 땅을 다독였던 당시의 농부들은 모두 '용택이 아재'였다.

지난겨울, 깊이 파헤친 구덩이 속으로 한꺼번에 몰아친 살육의 현장, 그 비명소리가 아직도 이 땅 어딘가를 떠돌고 있다. 그 아비규환의 현장을 생생하게 보았던 공무원들은 여전히 악몽에 시달리고 있고 생떼 같은 가축과 생이별해야 했던 농부들은 여전히 시름에 빠져 있다.

구제역의 확산을 조기에 차단하고 구제역 청정지역의 지위를 확보하기 위한 최선의 방법이 무엇인지 나는 잘 모른다. 그것이 살처분인지 예방접종인지. 하지만 국가와 공무원들이 최선의 조치를 취했다는 사실에는 의심의 여지가 없다.

그러므로 '용택이 아재'의 간청이란 지극히 사소한 개인감정으로 치부해 간단하게 묵살당할 수 있었다. 하지만 군청 직원은 눈시울을 붉히고 짐짓 직무유기를 했다. 참으로 아름다운 직무유기다.

'긍휼'이란 생명에 대한 경외심을 버리지 않고 불쌍히 여겨 돌보아 준 농부의 마음, 바로 그것 아니겠는가.

울지 마 톤즈

　여름휴가의 첫날 밤, 온 가족이 함께 모여 영화를 보았다. 입시철이 가까워져 휴가를 함께 하지 못하는 아들놈이 좋은 영화가 있다며 영상을 내려받아 집에서 같이 보자고 제안한 것이다. 고故 이태석 신부의 일대기를 그린 다큐멘터리 영화 〈울지마 톤즈〉가 그것이다. 작년 내내 장안의 화제가 되었다는데 이제야 보게 된 것이다. 그러고 보니 몇 달 전 그 영화를 보고 감명을 받은 동료의사가 내게 추천해 준 기억이 어렴풋이 떠올랐다.

　이태석 신부는 신부이기 이전에 의사였다. 2001년 사제서품을 받고 그해 11월 아프리카로 떠난 그는 오랜 내전으로 폐허가 된 톤즈에서 신부로서 사역을 시작했다. 그는 의사가 전무한 그곳에 병원을 짓고 오지 마을을 순회 진료했는데 특히 한센병 환자에게 깊은 관심을 가지고 상처를 어루만져 주었다. 대다수가 문맹인 그곳에 손수 벽돌을 찍어 학교를 짓고 학생들을 직접 가르치기도 했다. 그의 재능은 여기서 끝나지 않았다. 브라스밴드를 조직하여 그들을 지휘하고 주민들에게 음악을 선사하며 어린 학생들에게 꿈을 불어넣어주기도 했다. 성경 말씀에서도 일주일 일하면 하루는 쉬라고 일렀지만 그의 영혼은 하루도 쉬지 않고 달려온 것이다. 의사이면서 성직자이고 건축가이며 교육자이고 또한 예술가인 그에게 이렇듯 넘치는 재능이 있었다면 늘 부족한 것은 시간이었다. 결국 신체의 시계가 육신의 휴가를 지시한 것일까. 그는 생애 첫 휴가에서 대장암 말기 판정을 받는다. 병세가 눈에 띄게 악화되는 시기에도 수단을 위한 모금활동을 계속하였으며 아프리카로 돌아가려는 꿈을 한순간도 놓지 않았다. 하지만 그 꿈을 이루지 못한 채 젊은 나이에 선종하여 2010년 1월 전남 담양의 천주교 살레시오 성직자 공동묘역에 안장된다. 향년 48세였다.

영화가 끝나고 아무 말 없이 각자의 방으로 향했지만 그날 밤 보았던 영상들은 다음날이 되어서도 뇌리에서 떠나지 않았다. 이튿날 부랴부랴 동네서점에 들러 눈에 띄는 책 한 권을 샀다. 아프리카에 희망을 심은 성자, 이태석 신부의 사랑과 나눔 그리고 행복이야기는 『나는 당신을 만나기 전부터 사랑했습니다』는 벌써 한 권의 책으로 묶여져 있었다. 책을 읽으면서 점점 그에게 빠져 들어갔다. 동년배이며 의사였다는 사실이 나의 관심을 더 부추겼을 것이다.

그가 모든 사람들이 경멸하고 회피하는 한센병 환자에게 다가가 있는 정성을 다해 환자들을 어루만지는 모습을 보다가 잊고 싶은 기억 하나를 기어이 떠올리지 않을 수 없었다.

의과대학 시절, 한센병환자의 집단 수용소인 소록도를 방문했다. 환자들은 이미 연로했고 대부분 음성 환자들이서 육지의 정착촌과 별반 다를 게 없었다. 외롭게 지내는 환자들을 위로하고 말벗이 되어 주는 게 우리들의 방문목적이고 모두가 장래 의사들이었기에 스스로를 다짐했다. 그런데 막상 환자를 만나자 그때까지의 다짐은 까맣게 잊어버린 채, 먼저 악수를 청하는 노파의 손길을 선뜻 잡을 수 없었다. 외면하고 싶은 마음뿐이었다고나 할까. 보리이삭처럼 까칠까칠한 노파의 조막손을 오래 잡지 못하고 슬며시 손을 뺐던 기억은 두고두고 나를 괴롭게 했다. 그런데 이태석 신부는 이렇게 말한다.

"한센병 환자들의 삶이 처참하기 이를 데 없고 가장 버림받은 삶이 분명하지만 역설적이게도 그들을 위로하며 함께하시는 예수님의 존재를, 완전한 사랑과 감사를 느낄 수 있었다"고.

그가 톤즈에서 한센병 환자의 상처를 어루만지며 환자들을 치료하는 모습과 나의 부끄러운 기억이 겹쳐지면서 그 부끄러움은 영원한 현재진행형이 되고 말았다. 그의 이타적 삶과 아가페적인 사랑에 진한 감동을 받지 않을 수 없었다. 나는 이제까지 다른 누구를 위해 온전히 나를 희생해본 적이 있는가.

이번 휴가는 좀 특별했다. 영화로 시작해서 책으로 끝났으니. 휴가 기간 내내 나를 사로잡은 이태석 신부 덕택에 조금이나마 마음을 맑게 정화시키는 기간이었다고나 할까.

숭고한 삶 그리고 죽음

종연이의 갑작스러운 부음을 듣던 날, 우린 가파른 마흔 언덕을 오르느라 주위를 돌아볼 겨를이 없었다. 그날 밤 일산병원 영안실에 걸려있는 미소 띤 종연이의 영정사진과 몸을 가누지 못한 종연이 부인의 모습, 그리고 이 엄청난 현실을 아직 실감하지 못한 아이들의 모습은 묘한 대조를 이루며 내 마음을 짓누르고 있어 난 어디에도 시선을 고정할 수가 없었다.

갑작스러운 젊은 죽음 앞에 모두 넋을 잃고 말이 없는 가운데 장례를 위해서는 부검을 해야 하고 이제 초등학교 5학년인 큰딸이 아빠의 죽음을 증언해야 한다니 이런 기막힌 일이 또 어디에 있겠는가.

장례절차를 상의하느라 이런저런 이야기를 하던 중, 종연이 숙부의 이야기를 듣고서 우리는 또 한 번 울음을 삼켜야 했다.

종연이가 5학년 되던 해, 그러니까 지금의 딸아이와 나이가 똑같 았던 그해 종연이 아버님이 갑작스럽게 돌아가셨단다.

그 후 종연이는 숙부의 보살핌을 받으며 자랐다. 숙부님은 집안의 종손인 종연이를 아들보다도 더 귀하고 소중하게 길렀다고 했다. 다 행히 순하고 공부 잘하던 장조카는 큰 말썽 한 번 부리지 않고 서울 에서 대학까지 마치고 결혼하여 행복한 가정을 꾸려 살기에 이제 형 님에게 진 빚을 조금이나마 갚았다고 생각하고 살아가고 있는데 그 조카가 또다시 젊은 주검으로 그 앞에 돌아온 것이다. 형님과 조카 의 두 젊은 죽음을 모두 다 체험하기엔 너무나도 충격이 큰 듯 종연 이 숙부님은 더는 말을 잇지 못하고 계속 흐르는 눈물을 닦기만 했다.

고등학교 동기동창인 종연이에 대한 학창시절의 기억은 선연 하다. 나와 앞뒤가 바뀐 이름 때문일지도 모른다. 종연인 문과였고 말 잘하고 공부 잘하면서도 현실에 대한 인식이 또래 학생들보단 훨 씬 뛰어났다. 당시에도 사회정의를 말하였고 불의와 타협하지 않았 으며 자기주장을 굽히지 않았던 소신파로 선생님들도 인정하던 똑 똑한 학생이었다.

80년 5월, 오월의 광주, 그 역사의 심장부에서 우리는 고3 학생으 로 정의와 현실 앞에 갈등하고 번민했다. 현실에 대한 인식부재를 이유로 혹은 인생의 가장 중요한 시기를 지나가고 있다는 현실적인 이유를 내세워 나를 비롯한 대부분의 학생들이 정의를 외면하고 현실을 받아들였을 때 그는 주저 없이 정의의 편에 섰다.

그는 앞장서서 엄청난 이 부조리의 현실을 설파했다. 대부분 그의 말에 동감했던 우리는 그의 뒤를 따랐다. 하지만 가장 처참한 방식으로 5월이 진정되었을 때 우리는 즉각 냉엄한 고3 현실로 되돌아가야 했다.

우리는 얼마만큼은 역사에 대한 부채의식으로 또 얼마만큼은 역사의 현장에 있었다는 자부심으로 그렇게 1년을 버텨냈다. 결국, 그는 서울로 진학하게 되어 당시의 생생한 기억들도 저 멀리 아득한 추억 속으로 묻혔다. 그러던 중 고등학교 동기 모임에서 다시 조우했고 이후엔 간간이 그를 보아 왔던 터였다. 여전히 학창시절의 강직한 성품을 고스란히 간직한 채 살아가던 종연이가 못다 핀 들국화처럼 갑자기 우리 곁을 떠나간 것이다.

지난 주말 재경 고등학교 동기 모임에 참석하기 위해 집 근처 상계전철역으로 나갔다. 약속시간이 좀 남아서 서성이다 우연히 전철역 바로 앞에 있는 헌책방을 발견했다. 요즘에도 이런 헌책방이 남아있다는 게 그저 신기하게만 느껴져서 무엇엔가 끌려가는 듯 지하계단으로 내려갔다. 지하통로엔 탐나는 헌책들로만 진열되어 있어서 석유냄새 상큼한 서점과는 또 다른 향수를 불러일으키기에 충분했다.

무조건 한 권에 천원씩 하는 책들은 조잡하고 유치한 것들로 가득하여 어찌 보면 돈 주고 내다버려야 될 폐지묶음 같기도 했다. 그 중에서도 내 눈을 확 밝히는 책 한 권이 있었으니, 『광주의 넋 박관현 그의 삶과 죽음』이었다.

박관현 열사, 그의 죽음을 새삼 다시 말하여 무엇 하겠는가?

386세대로 인생에 있어서 가장 중요하고 예민한 시기인 고3 때 80년 광주를 역사의 현장에서 맞았던 나에게 그가 가지는 상징성은 남다르게 느껴서일까, 책을 사서 옆구리에 끼고 전철에 올랐다.

"아침 늦게 일어난다고 해서 그 사람을 게으름뱅이 잠꾸러기라고 한다는 것은 지나친 것이라고 하는 주장은 옳지 않다. 풀잎 움직이는 것을 보고 바람의 방향을 알 수 있고, 오동잎 떨어지는 것을 보고 가을이 왔음을 알 수 있듯 그 사람의 생활은 하루아침 늦잠 자는 것으로도 가히 짐작할 수 있지 않겠는가? 아무리 사나운 산 짐승이라도 잘 길들이면 유용한 동물이 되겠지만 어쩌다 보니 어쩔 수 없으니까 다루지 못하고 길들이지 못하면 사나운 동물로 남아 있을 수밖에 없으리라. 인간도 결국 마찬가지다. 생활의 규칙성을 무질서하게 흐트려 놓고서도 뻔뻔스럽게 어쩌다 보니 어쩔 수 없으니까 하는 안일한 생각으로 잘못을 감추려고만 한다면 인간이 어찌 인간답다고 하겠는가?"

— 박관현/고교 3년 때의 일기

고교 시절의 일기에서 그의 삶에 대한 진솔한 태도의 일면을 볼수 있다. 또 그가 광주항쟁시 같이하지 못한 죄책감이 책 내내에서 엿보인다.

"그 날 학생들과 온 시민들이 5.17 조치에 항거해 진정한 민주주의를 외치며 싸웠던 거리에 있지 못하고 광주에서 빠져나가 나 혼자만 살고자 했다는 사실을 학생들의 부름을 받은 총학생회장으로서 심히 부끄럽게 생각하며 그럼에도 불구하고 내란 주요 임무종사자 등으로 저를 재판하는 재판장님 앞에서 제가 말할 수 있는 최대의 진실을 말할까 합니다…. 존경하는 재판장님! 법은 물이 높은 데서 낮은 데로 흐르듯 순리에 따라 적용되어야 한다고 배웠습니다. 그렇다면 저에게 적용된 이 법이 과연 순리대로 적용된 법이란 말입니까?

중략

인정할 수 없습니다. 80년 5월 학생들은 일어섰습니다."

박관현은 1982년 10월 12일, 만 29세의 굵고 짧은 삶을 옥중에서 마무리 지었다.

1980년 서울의 봄을 맞아 온 나라가 민주화의 열기에 휩싸였지만, 그 여망이 군홧발로 여지없이 짓뭉개졌을 때 우리는 좌절했다. 그리고 방황했다. 학교 민주화, 동맹휴학, 시위 참여 등 당시 고등학생들에게는 민감하고도 벅찬 과제들이 우리 앞에 있었다.

우리는 두려운 현실 앞에 순한 양이 되어 침묵했고 누구도 앞에 나서지는 못했다. 하지만 종연이는 달랐다. 그는 소신을 굽히지 않고 제 주장을 폈으며 불의와 타협하지 않았다. 정의의 중심엔 항상 불사조처럼 그가 있었다. 난 이 책을 왕복 전철 안에서 또 집에 돌아와서 다시 읽었다. 어찌 보면 비슷하고, 어찌 보면 확연히 다른 두 죽음을 생각해보았다. 남다른 혜안을 지녔지만 슬픈 종말을 고한, 이름 모를 들꽃처럼 피어나 묵묵히 사라져 간 한 송이 들국화와 화려하게 피어났지만 무참히 꺾여버린 오월의 목련 한 송이를 보았다.

이별연습

이별은 슬픈 일이다. 어떤 이별도 마찬가지다.

며칠째 이별의 예감에 사로잡혀 지내던 지난겨울의 일이다. 출근을 하자마자 휴대폰 벨소리가 요란스럽게 울려댔다. 꼬리를 감추고 있던 예감이 드디어 실체를 드러내는 것일까. 플립을 열자마자 아내의 울부짖는 목소리가 용수철처럼 튀어나왔다.

"여보, 이제 난 어떻게 해? 이제 난 어떻게 살아?"

"아니 난데없이 왜 그래?"

"할머니, 우리 할머니가……."

'기어이 올 것이 오고야 말았구나.' 왕 할머니의 죽음.

며칠 동안 날을 곤두세우고 있던 예감이 마침내 그 모습을 드러낸 것이다.

왕 할머니는 아내의 할머니다. 따라서 나에겐 처 할머니가 되고,

우리 집 아이들에겐 외증조할머니가 되는 셈이다. 아이들 양육 문제로 할머니와 함께 한집에서 지내다보니 할머니를 어떻게 불러야 할지 참 난감했다. 우리 식구들이 한꺼번에 부르기에 마땅한 호칭이 없었던 것이다. 그래서 궁리 끝에 생각해낸 것이 왕 할머니라는 호칭이었다.

할머니는 우리 근·현대사의 비극을 고스란히 간직한 비련의 주인공이다.

일제 징용에 끌려간 남편의 전사 통보를 받고 평생을 청상과부로 수절한 지조 있고 당찬 여인이었다. 오로지 자식 교육과 육아를 운명처럼 받들며 한평생을 보냈다. 당연히 가슴속에 한을 간직하고 살았을 테지만 한숨을 내쉬거나 신세타령하는 모습을 본 적이 없다.

유복자로 태어난 장인어른을 훌륭하게 키워 교육자의 길을 걷게 하였고 장손녀인 아내를 애지중지 키우셨다. 그리고 직장생활을 하는 손녀딸을 대신해 증손자까지 고이 길러주셨다. 3대에 걸친 육아를 그저 묵묵히 운명처럼 떠받든 후 이제 연로하여 제 몸 가누기조차 힘들어지자 다른 사람의 도움을 마다하고 홀연히 제 갈 길을 떠난 것이다.

왕할머니는 아내뿐 아니라 나에게도 각별한 분이다. 오랜 세월 한집에서 같이 살다 보니 할머니 같기도 하고 어머니 같기도 했지만 평소 말주변이 없는 나는 따뜻한 말 한마디 건네지 못했다. 성미 급한 아내 또한 속마음과는 다르게 왕할머니에게 쌀쌀맞게 군 터였다.

싫은 기색 한 번 없이 외증손자 둘을 학교에 갈 나이로 무럭무럭 키워주신 왕할머니는 어느 날 갑자기 당신의 소임이 끝났다고 느껴서인지 훌훌 두 손을 털고 아들네 집으로 돌아가셨다. 혹여 손녀딸에게 짐이라도 될 세라 아들네 집이 편하다는 구실로 말이다.

지난겨울 급격히 쇠약해진 왕할머니는 손녀딸을 보고 싶다고 했다. 부랴부랴 처가집에 들렀지만 정작 아내는 본체도 하지 않고 증손자가 보고 싶다며 서울로 가겠다는 것이었다. 그때 막무가내로 졸라댔던 왕할머니는 이미 본인이 갈 길을 미리 아셨던 것일까.

아내와 나는 왕할머니에게 날씨가 풀리고 넓은 집으로 이사 가면 그때 모시러 오겠노라며 왕할머니의 손을 뿌리치고 왔다. 아내는 그게 끝내 명치끝에 걸리는 모양이었다.

왕 할머니는 아침 식사를 마치고 낮잠을 자듯 편안하게 길을 떠났다고 했지만 아내는 또다시 울음보를 터뜨렸다.

나는 그런 아내에게 호상에 무슨 눈물이냐며 다독였지만 내 가슴 한견에도 상실감이 뜨겁게 솟구쳐 올랐다.

호상이라서 그런지 장례식장의 분위기는 밝았다. 날씨 또한 화창하여 친지들과 문상객들은 서로 안부를 물으며 덕담을 나누기도 했다.

하지만 장례식 내내 아내의 얼굴엔 비구름이 머물러 있었다.

이별은 슬픈 일이지만 죽음이라는 이별이 더 슬프고 크게 느껴지는 것은 다시는 돌이킬 수 없다는 사실 때문일 것이다. 생각해보면 죽음과 함께 사라지는 것은 비단 주검만이 아니다. 지인들과의 아름다운 순간은 물론 가슴 저미는 추억이나 혼자만 간직하고 있던 안타까움의 세계가 일시에 함께 사라져버린다.

호상好喪은 원래 존재하지 않는 말일지도 모른다. 그저 세상 사람들이 자기의 입맛에 맞춰 지어낸 얄팍한 위로의 말일 테니까. 어떻게 죽음에 슬픔의 경중을 따질 수 있겠는가. 갑작스러운 이별에 상실감이 훨씬 심하듯 죽음은 그 슬픔이 배가되는 것뿐이리라.

생로병사의 이치에 충실하여 다만 며칠만이라도 병치레를 했더라면, 그리하여 이별연습을 했더라면 아내의 슬픔이 저리 크지는 않았을 터인데…….

빈손으로 왔다가 빈손으로 떠나는 것이 사람살이의 이치라지만 끈질기게 가슴 한견을 파고드는 후회와 자책의 눈물은 떠나간 자에 대한 그리움과 상실에 대한 긴 아픔 때문이리라.

영락공원 시립 묘지에 시신을 안장한 뒤 왕할머니의 고향인 전남 무안 땅의 한적한 절간에 위패를 모셔두고 돌아오는 길.

공수래 공수거空手來空手去.

맵싸한 2월의 바람이 빈 들판을 가득 채우고 있었다.

5분 그리고 21그램

며칠 전 대학동기의 부음을 알리는 문자메시지를 받았다.

아니, 이럴 수가! 막역지우의 이름을 보는 순간 숨이 멎을 것처럼 놀랐다.

충격에 휩싸인 나는 가슴이 뛰고 손이 떨려 진료를 잠시 동안 포기할 수밖에 없었다. 휘청거리는 걸음으로 방으로 들어가 하늘을 쳐다보았다.

지난 주말, 그 친구로부터 전화가 걸려왔지만 받지 못했다. 부재 중 통화를 확인하고 다시 전화했으나 통화는 이루어지지 않았다. 서로의 전화기에 이름만 남겨 놓은 채 지나쳐버렸던 것이다. 정말 가까운 친구였는데 요즘 들어 바쁘다는 핑계로 연락이 뜸했다.

그러면 그때부터 무슨 조짐이 있었던 것일까. 대체 그동안 친구에게 무슨 일이 있었던 것일까? 사인은 뭘까, 자살일까, 아니면 그동안 숨겨둔 지병이 있었나? 그때 통화를 해야 했는데!

그 짧은 시간에 오만가지 생각들이 한꺼번에 밀려들며 내 가슴을 압박했다.

그렇게 5분이나 지났을까, 답답한 가슴을 진정시키려고 심호흡을 하는데 다시 진동음이 울렸다. 부리나케 확인해 보니 부친상을 알리는 문자였는데 실수로 부친을 빼고 동기의 이름만 넣고 보냈다는 정정 문자였다. 나는 몇 번이고 가슴을 쓸어내리며 안도의 한숨을 내쉬었다. 이렇게 삶과 죽음 사이의 5분은 결국 해프닝으로 끝났다.

우리는 살아가면서 수많은 죽음과 맞닥뜨린다. 가까이는 부모 형제의 죽음으로부터 친한 친구나 지인의 죽음. 그리고 내게는 하등 영향을 끼치지 않은 생면부지의 죽음까지.

이제 나도 나이가 들어가는지 최근 들어 문상을 가는 경우가 부쩍 많아졌다.

대부분 친구 혹은 지인들의 부모 또는 빙부 빙모상 등이라 생전의 고인을 알지 못하는 경우가 허다하다. 그래서 조문을 하면서 영정 사진을 유심히 관찰하는 버릇이 생겼다. 영정 속의 모습은 늘 온화한 미소를 머금고 있다. 마치 자신의 생을 마감하는 마지막 파티에 참석해준 내게 감사의 인사를 전하려는 듯 평안한 표정들이다.

하지만 아무리 감추려 해도 미소 뒤의 쓸쓸한 표정까지는 숨길 수가 없는지 사진을 보면 볼수록 애잔한 슬픔이 묻어난다. 정작 본인은 자유롭고 평온한데 내 인식이 자꾸 슬픈 표정으로 안내하고 있는 지도 모를 일이지만.

그런 충실한 뇌의 인식 때문일까. 영안실에서 마주친 사람들의 표정은 한결같이 경건하다. 일면식도 없는 망자와의 짧은 만남으로도 서로 무슨 얘기를 주고받았는지 그들의 표정은 근엄하고 슬픔에 가득 찬 느낌이다.

또한 그들의 모습은 언제나 비슷하다. 술잔을 앞에 놓고 죽은 머리고기를 질겅질겅 씹으며 상주를 위로할 최소한의 단어를 찾아내느라 고민하다가 그마저도 여의치 않으면 지극히 현실적인 삶의 고뇌로 되돌아간다.

얼마 전 지인의 상가를 문상하던 중 갑자기 영혼의 존재에 대한 의문이 들었다.

실제로 미국의 한 외과의사가 영혼의 존재를 증명하기 위해 영혼의 무게를 측정한 바 있다.

임종이 임박한 환자들에게 임종 전후의 몸무게를 비교한 것이다. 그리고 임종 직전과 직후의 몸무게가 정확히 21g 차이가 난다는 것을 확인하고 이것이 영혼의 무게라고 발표하였다.

과학적 신빙성이 얼마나 있는지 모르지만 대체로 영혼의 무게로 인정하는 듯한 분위기다. 하지만 표본 숫자가 제한적인 데다가 영혼이 존재하는 뇌 속의 해부학적 공간을 입증하지 못했으니 이것도 상상의 세계에 그칠 가능성도 없지 않다.

영혼이 존재하던 존재하지 않든 영혼의 무게가 얼마인지 상관없이 인간은 죽고 나서도 그에 대한 기억이 오래 남아있다.

그래서 잊히지 않고 그 기억이 존재하는 한 함께 살고 있다고 믿는 풍습도 있다.

그래서일까 요즘 사람들의 관심도 웰빙보다는 웰다잉으로 변한 것 같다.

이제 종교 철학 예술 등의 화두도 얼마나 잘 사느냐보다는 어떻게 잘 죽느냐로 옮겨 온 듯하다. 삶과 죽음이 하나이듯 결국 잘 사는 것이 잘 죽는다는 뜻이니 그 속에는 현재의 삶에 충실하라는 다분히 역설적인 의도가 담겨 있다.

나는 직업상 죽음을 가까이 두고 있는 사람들을 많이 대한다. 정말 힘들고도 고달픈 삶을 살았던 사람일수록 죽음을 받아들이는 태도는 의외로 담담하다.

한평생 후회 없이 살았으니 이제 긴 휴식이 필요하다고 믿는 것일까, 아니면 고통의 끈을 팽개치고 영원한 자유를 갈망하는 것일까. 어쩌면 이승의 생은 이쯤에 놓아두고 저승에 대한 계획을 착실히 준비하는 것인지도 모르겠다.

우리 시대 명사들의 가상 유언장을 묶은 『오늘은 내 남은 생의 첫날』이란 책이 있다. 책의 제목만 보아도 역시 죽음은 마지막이 아니라 새로운 시작이라는 걸 말하려는 의도가 엿보인다.

삶에 무게에 짓눌려 발버둥 치느라 스스로 초라하다고 느껴졌을 때 어떻게 하면 아름답게 생을 마감할 수 있을까 돌아보는 것도 자신의 삶을 추동하는 또 다른 방법이 될 것이다.

4부

가을산을 오르다

내 안의 아니마

내 마음속에 한 여인이 있다.

오래전에 날 버리고 떠난 줄 알았는데 아직 내 안에 자리 잡고 있을 줄이야. 그녀는 유년시절부터 나를 관찰하며 나와 동행하였지만 어느 순간 슬그머니 자취를 감추고 말았다. 진정으로 한 여자가 내 마음에 자리 잡을 즈음 흔적도 남기지 않은 채 떠나버린 것이다.

가정을 이루고 자식을 낳아 기를 때까지 그 여인은 내 주위를 얼씬도 하지 않았다. 남자다운 나의 매력에 맥도 못 추고 그렇게 숨죽여 지내더니 이제 나이가 들어 시들어지자 다시 그 실체를 드러내기 시작했다. 부드럽고 상냥한 모습은 온데간데없고 알 수 없는 중년의 감성으로 사사건건 나를 간섭한다.

내 안의 그녀는 나로 하여금 잊고 살았던 과거를 돌아보게 하고 이제껏 경험하지 못했던 감정으로 나를 당황하게 만하기도 한다.

어찌나 간섭이 심하던지 너그럽던 성격은 쪼잔하게 바뀌었고 사소한 농담에도 쉽게 상처받으며 가족들의 일거수일투족에 쓸데없는 참견을 하게 된다.

그럭저럭 사회적 체면은 지키고 살지만 집안에서는 점점 움츠려든다. 내 말의 권위는 부쩍 자란 자식들 앞에서도 현저히 떨어졌다. 가족의 중요한 행사나 기념일에도 내 의견은 무시된 채 진행되기도 하고 하다못해 리모컨 쟁탈전에서도 밀려나기 일쑤다. 간혹 보는 텔레비전 프로도 뉴스나 시사 프로그램보다는 연예가 중계나 인간극장을 챙겨 보고 정치·경제 이슈보다는 일기예보에 더 민감하게 반응한다. 그러다 보니 사소한 장면에도 자주 울컥하여 말을 잇지 못하고 남몰래 눈가에 맺힌 이슬을 훔치기도 한다.

이런 나의 모습을 보고 아내는 반항하는 사추기思秋期 중년의 감상쯤으로 치부해 버리지만 나는 그런 아내의 말을 들을 때마다 몹시 서운하다.

언제부턴가 아내는 나보다 힘이 세졌다. 자전거를 탈 때도 산행을 할 때도 늘 나를 앞지른다. 이제는 전혀 나를 어려워하거나 부끄러워하지 않는다. 전에는 잘 마시지 못하던 술을 나보다 더 즐겨 마시며 가끔 나에게 권하기까지 한다. 잠잘 때는 그 육중한 다리로 내 몸통을 휘감는가 하면 어쩌다가 내가 발이라도 올릴라치면 여지없이 내 다리를 내동댕이쳐 버리는 것이다.

그렇지만 아내는 여전히 나를 사랑하는 눈치다. 요즘 들어 기력이 떨어진 나를 위해 이런저런 보양식을 만들어 주는 걸 보면.

며칠 전에도 아내는 새로 담근 김치를 내놓으며 맛이 어떠냐고 내게 물었다. 그날따라 입맛이 없어서였는지 모르지만 너무 짜게 느껴졌다.

난 거짓말을 할 수 없어 곧이곧대로 말했다. 좀 짜다고.

아직 간이 배어들지 않아 그럴 리가 없다는 아내의 말에 난 얼떨결에 말을 바꿨다. 조금 심심하다고.

좀 전에는 짜다고 하더니 왜 금방 싱거운 거냐고 아내는 되물었다.

맛본 느낌을 그대로 말했을 뿐이라는 내 말에 아내는 이젠 김치 맛 하나도 제대로 볼 줄 모른다며 핀잔이었다. 억울했지만 나는 꾹 참았다.

그날 밤 나는 몸통을 조여 오는 아내의 다리를 뿌리쳤다. 휑하니 돌아누운 아내의 등 뒤로 냉기가 느껴졌다. 싸한 침묵이 견딜 수 없어 토라진 아내를 위로할 겸 손이라도 잡을 요량으로 아내 쪽으로 몸을 돌렸는데 아뿔싸, 돌아누운 아내는 아무렇지도 않은 듯 코를 골며 자고 있는 게 아닌가. 분명 코골이는 나의 특기인데 이제 아내가 먼저 코를 골고 떨어지다니!

나는 서운했지만 이미 잠든 아내를 깨울 수는 없었다. 아내의 마음속에도 내가 알지 못하는 낯선 사내가 있는 게 분명했다. 내 안의 여인도 더는 나를 위로하지 않았다.

　나는 한참을 뒤척이며 쉽게 잠들지 못했다. 눈물이 날 지경이
었다.

마흔아홉 그녀

오랜만에 그녀와 마주 앉았다.

늘 가깝게 지내왔지만 서로 바쁘다는 핑계로 진솔한 대화를 해 본 적이 언제였는지 가물거린다. 이십 대 초반 캠퍼스에서 만난 그녀는 싱그러움과 때 묻지 않은 순수와 상큼한 명랑함이 있었다. 쾌활했으며 적극적이었고 승부욕도 강했다. 그런 면은 그녀의 삶을 능동적으로 매우 다이나믹하게 이끌어 주었다.

그렇게 늘 씩씩하기만 했던 그녀가 변했다.

언제부터인가 그녀의 편안하고 행복해 보이는 미소를 보기 힘들어진 것이다. 환하게 웃는 얼굴에 보석처럼 반짝였던 보조개도 따라서 볼 수 없었다.

아마추어이면서도 프로 버금갈 정도로 몰입했던 취미생활도 시들해 하는 눈치였고, 활기찼던 스케줄도 느슨해진 것 같았고 즐거워했던 몇몇 모임도 그다지 내켜 하지 않는 것이었다. 외출도 가급적 삼가면서 집에만 박혀 있으려 하는 그녀를 지켜보는 나의 마음도 착잡해졌다. 대체 왜 무엇 때문에?

나는 촉각을 곤두세우며 그녀를 관찰하기 시작했다. 급격하게 신경이 날카로워진 그녀는 예민하게 반응했다. 하다못해 다 큰아들과도 별일 아닌 일에 티격태격하면서 버럭 화를 내기도 하고 급기야는 눈물바람까지 내비치는 것이었다.

진단은 곧 내려졌다. 갱년기 우울증.

혼신의 힘을 다해 애면글면 키운 자식들은 더는 그녀의 힘이 필요하지 않았다. 자신의 일을 알아서 처신할 만큼 커버린 것이다. 때마침 찾아온 불청객으로 더욱 공허해진 텅 빈 시간들.

나는 프로이트의 카우치처럼 편안한 의자에 그녀를 눕히기로 했다.

빈둥지증후군이라고도 하는 갱년기 우울증은 주로 여성들의 폐경기를 전후해서 나타나는 중년기 위기 증상이다. 정신분석학자 칼 융은 사람들이 이 시기를 전후로 이전에 가치를 두었던 삶의 목표와 과정에 의문을 제기하면서 중년기 위기가 시작된다고 말한다. 자신의 욕구를 억압하며 살아온 것에 대한 회의와 무가치 감으로부터 시작되는데 중년이 되면 인생 전반부에 살아보지 못했던 삶의 요소를 충족시키기 위해 심리적 혹은 정신적 재조정이 일어난다는 것이다. 삶의 극적인 변화, 신체적 혹은 정신적 방황으로 이어지기 쉬운 중년위기는 마음의 감기와도 같지만 어떤 사람들은 독감처럼 심하게 앓기도 한다. 따라서 가족의 도움이 필요하며 특히 배우자의 도움이 절대적이다.

더불어 처방도 내려졌다. 깊은 겨울밤을 함께 보내기 위하여 귀가시간을 서두르고 휴일이면 짬을 내어 같이 산에 올랐다. 무기력증에 빠진 그녀를 위하여 외식을 자청했다. 분위기 좋은 식당에서 식사를 하고 마주 앉아 술잔을 기울이며 그녀의 오래된 상처를 들어주었다. 상처 없는 영혼이 어디 있겠는가. 그녀 역시 어릴 때의 트라우마가 깊었다. 아직 치유되지 않은 기억들을 조용히 들어줌으로 무언의 위로자가 되었다. 둘만의 외식에서 돌아오는 길, 유난히 불빛이 반짝이는 모텔의 네온사인을 보고 슬며시 그녀의 옷깃을 잡아당겼다. 또다른 낭만을 위한 유혹(!)이었지만 그녀는 새침하게 고개를 저었다. 마치 연애시절 그러했던 것처럼.

겨울밤처럼 깊고 어두운 그녀의 갱년기 터널을 리모델링하기 위해 내가 해줄 수 있는 게 무엇일까. 얼마 전 계획이 무산되었던 둘만의 낭만적인 여행을 다시 시도해 보는 것? 어느 날 갑자기 짠, 하고 내보이는 선물 상자? 아니면 연애시절처럼 열렬한 구애의 말이 적힌 카드와 장미 백송이? 그 무엇보다도 지금 그녀에게 필요한 것은 감성적이고 낭만적인 인생의 동반자가 아닐까?

그리하여 나는 오늘 끙끙거리면서 책상 앞에 앉아있다.

흔히 말하는 세칭 '아홉 수'를 넘기느라 힘들어하는 그녀에게 모처럼 연애편지라도 한 줄 써볼 요량으로.

이십 몇 년 전 어느 봄날, 당신은 큰 키에 수수한 모습으로 내게 왔습니다. 대학 교내 공중전화부스에서 처음 본 그 순간부터 나이 쉰을 바라보는 중년의 여인이 된 오늘까지 당신은 내 마음의 전부입니다. 꿈 많던 소녀에서 지금까지 오십 년 당신 삶 중에 반半 이상이 나로 인해 채워졌으니 당신 삶 속에 내 모습은 어떤 모습일지. 돌이켜보면 우리 살아온 길이 그렇게 평탄치만은 않았음에도 당신은 늘 방패막이로 나를 지켜주었습니다. 이제 막 쉰이 되는 당신 모습 보면서 쉰이란 인생의 반환점 같기도 하고 새로운 출발점 같기도 하지만 오랜 세월 같이한 당신이 내게 행복이듯 당신도 행복이기를……

가물거리는 연애의 추억을 되살리려면 몇 잔의 술이 필요할지도 모르겠다. 다시 활짝 웃는 그녀의 모습을 보기 위해 노력하는 내 마음을 알지 못하는 그녀는 지금도 옆에서 투정을 부리고 있다.
"마누라 얼굴은 쳐다보지도 않고 글만 쓰면 다야?"
이래저래 오늘 밤은 좀 설칠 것 같다.
아무쪼록 새해에는 그녀의 매력적인 보조개를 많이 볼 수 있게 되기를.

가을 산을 오르다

요즘 들어 심한 가을앓이를 하고 있다.

텅 빈 갈비뼈 사이에서 쌕쌕거리는 소리가 들리고 그럴 때면 여지없이 코끝이 알싸하다. 시도 때도 없는 재채기와 뚝뚝 떨어지는 콧물 때문에 사람 만나기조차 조심스럽다. 환절기를 두려워하는 내 몸은 점점 오그라드는 느낌이다. 가슴 근육은 말라붙었고 탄력을 잃어버린 인격의 뱃살은 파도처럼 출렁거린다. 눈앞의 활자들은 점점 희미해지고 머리는 온통 하얗게 세고 말았다. 가슴 한 모퉁이에 커다란 구멍이 뚫린 것처럼 휑한 바람이 들어온다. 이대로 두었다가는 가을이 더 황량해질 게 뻔하다.

오랜만에 아내와 함께 북한산에 올랐다. 바쁘다는 핑계로 차일피일 미루다가 드디어 배낭을 꾸린 것이다. 지난 여름휴가 때 중국 산동성에 있는 태산과 노산을 케이블카에 의존하지 않고 함께 등반했던 때문일까, 아내는 마치 산행 동지 같은 느낌이다.

백운대에 오르는 산행은 초입부터 가파르다. 도선사를 지나 산등성이에 이르러 잠시 평탄한 길이 나왔지만 이내 가파른 계단으로 변했고 그 길은 마지막까지 이어졌다. 풍성한 가을을 위해 마지막 태양이 작열하고 있다. 여전히 따가운 햇볕 때문인지 등에는 굵은 땀방울이 흘러내렸다.

마침내 정상에 선 나는 올라온 길을 되돌아보았다. 땀을 흘리며 올라오는 사람, 왔던 길을 다시 내려가는 사람, 모두 다 자신만의 꿈을 향해 길을 걷고 있지만 결국 정해진 길로 왔다가 정해진 길로 다시 돌아간다. 우리 인생이 그러하듯이. 단순시간으로만 계산해도 인생의 반환점은 돌았으리라. 그런 생각이 들어서인지 반백 년 삶이 마치 한 장의 단풍잎처럼 가벼이 팔랑거렸다.

어릴 때 내 꿈은 병아리 감별사였다.

그것이 나의 꿈인지 아니면 아버지의 희망사항이었는지 헷갈린다. 심지어 형의 꿈이었는지 내 꿈인지조차 헷갈린다. 계란이 귀하던 시절 닭 똥구멍을 들여다보며 계란을 낳을 수 있는 병아리를 감별해 낸다는 것이 그저 신기하게만 느껴지던 시절이었다.

초등학교 때 꿈은 은행원이었다.

나는 똑똑히 기억한다. 고된 농사일을 마친 아버지와 어머니가 평상에 누워 도란도란 나누었던 이야기를. 막내놈은 공부를 곧잘 하는 편이니 상고에 진학시켜 일찌감치 은행에 취직시킵시다. 하얀 와이셔츠에 검은 정장을 입은 은행원은 비단 아버지의 꿈만은 아니었을 것이다. 나는 별다른 저항 없이 그것을 나의 꿈인 양 받아들였다.

감성이 충만한 중학교 시절, 나의 꿈은 쇠약한 내 몸과 함께 무너져 내렸다.

호르몬의 변화와 함께 찾아온 결핵균에 의해서였다. 이미 구멍 난 허파는 어떤 꿈으로도 메워지지 않았다. 그대로 두면 죽을 수도 있다는 의사의 한마디 말에 곧바로 휴학했다.

갑자기 학교에서 사라진 공부 잘하는 아이는 마을에서는 이미 죽은 아이로 둔갑했다. 가뜩이나 병마에 시달린 나는 존재의 허무감과 실존의 삶을 동시에 고민했다.

수업이 한창일 낮 시간에 부모님이 일하는 원두막으로 출근했다. 학교에서 선생님의 가르침을 받는 대신 자연이 숨 쉬는 소리를 온몸으로 들었다. 그러다 가끔은 아름다운 꽃과 나무를 향해 더 깊은 산 속으로 들어가기도 했다. 하지만 멀리서 보면 그렇게 좋아 보이는 그곳도 가까이 가보면 여지없이 개똥 천지였다. 아름다운 대상과 그것을 받아들이는 주체 사이에는 반드시 거리가 존재해야 하는 것을 그때 깨달았다. 꿈도 현실적으로 바뀌었다. 의대 진학. 지극히 이기적이고 불손한 의도였다.

나는 몸에 맞지 않는 옷을 입고도 한 번도 바꿔 입을 생각은 하지 않았다. 너무 일찍 철든 탓이었다. 그렇게 오십여 년이 흘렀다. 정말로 눈 깜짝할 사이다. 남은 시절도 한낱 단풍잎처럼 흔적 없이 사라져 갈 게 분명하다.

내 안의 가을을 잘 지내고 무사히 겨울에 당도할 묘책은 없을까. 남은 시간은 분명 지금보다 더 빨리 지나갈 텐데 말이다. 내려가는 길은 일부러 거리가 가장 먼 반대편 길을 택하기로 했다. 나의 의도를 알아챈 아내가 순순히 뒤를 따랐다. 요즘 들어 부쩍 새치가 늘어난 그녀도 가을을 앓고 있는 눈치다. 뻔한 막장 드라마에도 눈시울을 적시는가 하면 사소한 일에도 우울해 하며 넋을 놓는다. 조금 전만 해도 평탄한 길인데도 발을 헛디뎌 넘어질 뻔하지 않았던가.

나도 가을 준비에 박차를 가한다. 돋보기안경을 새로 장만하고 머리 염색을 더 진하게 하고 주말마다 산행을 하기로 결심한다. 이제 가파르게 내려가는 길은 더욱 정신을 바짝 차려야 하는 것이다.

잠시 상념에 잠기는 동안 해는 벌써 산 중턱을 넘고 있다. 석양과 조화를 이룬 그 모습이 장관이다. 산 중에 으뜸은 역시 가을 산이다. 머지않아 낙엽이 될 것을 알면서도 붉디붉은 정열을 마지막까지 태우고 쇠락의 시간을 고스란히 받아들이는 산의 모습을 보라. 그것은 바로 차분하게 가을을 맞이하는 인간의 모습과 닮지 않았던가.

돋보기안경을 맞추다

요즘은 동안이 대세지만 오히려 동안이 굴욕인 시절도 있었다.

중학교 때의 일이다. 당시 시골 읍내에서 유일한 오락거리는 단체 영화 관람이었다. 가끔 단체 관람이 겹치는 경우도 있었는데 어느 날 이웃한 여학교와 함께 관람하게 되었다. 그것이 다행인지 불행인지는 지금도 모르겠다.

영화 제목은 〈나자리노〉.

지금까지 영화 제목이 기억나는 것은 아직도 귓전에 생생한 영화 주제가 때문이었다. 늑대청년의 사랑 이야기는 사춘기 감성을 꽤나 자극했던 것이다. 영화가 끝나고 밖으로 나오니 잔뜩 찌푸렸던 날씨는 기어이 비를 뿌리고 있었다. 이미 어둑어둑하였지만, 오늘처럼 비 오는 날은 보름달이 뜨지 않아 늑대로 변할 일은 없어 좋겠다는 생각을 하며 비 오는 거리를 걸었다.

그때 갑자기 덩치 큰 여학생이 우산 속을 비집고 들어왔다. 함께 영화를 보고 나온 이웃학교의 여학생이었다.

"우산 좀 같이 쓰자."

기껏해야 나와 동급학년일 그녀는 대뜸 반말이었다. 하지만 키가 작고 부끄러움이 많았던 나는 아무 말도 하지 못했다. 그렇게 함께 우산을 쓰고 걷는데 얼마 가지 않아 그녀가 다시 말했다.

"너희 학교 선배 중에 아무개 있지?"

나는 아무 말도 하지 못한 채 얼버무렸다. 그는 학생회장이면서 키도 크고 공부도 잘했다. 잘생긴 외모 덕에 이웃 여학교까지 소문이 자자했던 모양이었다. 그녀는 잽싸게 쪽지 한 장을 꺼내더니 꼭 그에게 전해주라는 말을 남기고 우산 밖으로 사라졌다. 그와 나는 동급생이고 게다가 친한 친구라는 말은 끝내 하지 못한 채 조잡한 쪽지를 펴 보지도 않고 빗물 속으로 던져 버렸다.

사람은 누구나 자신을 동안이라고 생각하지만 과연 그럴까?

개원 초창기 때의 일이다. 오랫동안 일했던 여직원이 병원을 그만두게 되었다. 오래전부터 시집간다고 예고했던 터였다. 노처녀였던 그녀와 당시 30대 후반이었던 나와는 나이 차이가 많지 않아 마치 가족처럼 지냈기에 아쉬움이 컸다. 송별회 끝에 노래방에 들렀다. 간만에 정장에 넥타이 차림이었다. 시집가서 잘 살라는 당부와 함께 신 나는 노래와 석별의 정을 나누는 노래를 번갈아 불렸다. 그렇게 회합을 끝내고 나오는데 앞서 가던 일행 중에서 갑작스러운 웃음이 터져 나왔다. 여직원이 계산을 하려고 하자 노래방 주인이 날 가리키면서 아버님이 먼저 계산했다고 말한 것이다. 신랑이라 해도 시원찮을 판에 아버님이라니! 나는 함께 웃을 수도, 그렇다고 짜증을 낼 수도 없어 어정쩡하게 서 있을 수밖에 없었다.

분명히 얼굴은 동안인데 조금 일찍 나온 새치 탓일 거라고 생각했다. 머리 염색을 시작한 것은 그때부터일 것이다.

나 역시 오랫동안 동안으로 살아왔다고 자부하지만 과연 그럴까?

벌써 몇 해 전의 일이다. 초로의 신사가 진료실 문을 열고 들어왔다. 백발이 성성한 그는 분명 나보다 10년은 더 나이 들어 보였는데 40대 중반이라고 말했다. 진료차트를 확인해 보니 놀랍게도 정말 나와 동갑이었다. 갑장에게서 느껴지는 묘한 친근함이랄까, 몇 달이 지나고 나서 나는 그에게 넌지시 조언했다.

"선생님도 머리 염색을 하면 훨씬 젊어 보일 텐데요. 나와 동갑인데 너무 노숙해 보이는 것 같아서요."

말끝을 흐리며 조심스럽게 말했는데도 그는 당황한 눈빛이 역력했다. 깜짝 놀라는 표정을 감추지 않은 그가 다시 나에게 되물었다.

"정말로 나와 동갑이세요?"

"글쎄, 그렇다니까요."

그는 의미심장한 미소를 지으며 마치 혼잣말처럼 중얼거렸다.

"분명 나보다 10년은 더 늙어 보이는데, 거 참 이상하네."

틀림없이 얼굴은 동안인데 흰색 가운이 주는 위엄 때문일 거라고 항변하고 싶었지만 곧이곧대로 말할 순 없었다. 아내에게 부탁하여 피부 관리를 시작한 것이 아마 그즈음일 것이다.

지난 주말 동네 안경점에 들렀다.

시력 체크나 한번 해볼 요량이었다. 시력엔 늘 자신이 있어 아직 안경은 한 번도 써보지 않았다. 얼마 전 여권 발급을 위해 구청에 들렀다가 서류에 쓰인 글씨가 너무 적어 애먹었던 적이 있을 뿐이다. 마침 민원실에 비치해 둔 돋보기를 사용하니 생생하게 글자들이 되살아났다. 신기하기도 하고 씁쓸하기도 했던 기억이었다.

이후로도 신문을 보거나 작은 글씨의 책을 볼 때 흐릿하다가도 조금 멀리 가져가면 잘 보였다. 조금 불편할 뿐 그럭저럭 잘 견디어 왔다. 하지만 올해 들어서부터는 잔글씨가 도대체 눈에 들어오지 않았다. 그래도 일상생활에는 별 지장이 없었다.

시력체크를 마친 안경사가 내게 말했다.

"약간의 난시와 더불어 노안이십니다. 나이에 걸맞게"

'나이에 걸맞게' 라는 말이 두고두고 마음에 걸렸다.

아직 시력은 좋은데 단지 가까운 거리만 조금 안 보일 뿐이라고 힘주어 말하고 싶었지만 꾹 참았다.

나는 군소리 없이 안경사가 정해준 대로 돋보기안경을 맞추었다.

가을산을 오르다

유비무환

진료실 창밖으로 봄비가 추적추적 내린다. 봄비는 마음을 차분하게 한다. 날씨가 포근해서이기도 하지만 눈보라처럼 사납지가 않기 때문이다. 눈이 오면 흔적도 없이 덮여 버릴 대지도 비가 오면 그 보드라운 속살을 여과 없이 드러낸다. 봄비는 또한 겨우내 응달진 곳에서 꽁꽁 얼어붙은 응어리를 녹여내고 도심 담벼락에 붙어 있는 겨울 때를 말끔히 씻어 내어 갑작스레 밀려드는 봄기운에 대비하게 한다.

유비무환有備無患이란 말을 좋아했다. 미리 대비하면 화를 면할 수 있다는 뜻이지만 그보다 내가 더 좋아하는 말은 비가 오면 환자가 오지 않는다는 의미의 유비무환으로, 병원에서 소위 은어처럼 사용하는 말이다.

전공의 시절, 환자를 구름처럼 몰고 다닌다고 해서 같이 당직을
서는 인턴 선생이나 간호사들이 불평을 늘어놓기 일쑤일 때도 비가
내리면 거짓말처럼 환자가 끊겼다. 우리는 유비무환을 외쳐대며 비
내리는 병원 창밖을 응시하며 따뜻한 자판기 커피 한잔 마시면서 다
시금 여유를 찾을 수 있었다.

　꼭 그런 분위기 때문만은 아니지만 난 천성적으로 비를 좋아했다.
낙숫물 소리도 좋고 시원스레 흐르는 개울물 소리도 듣기 좋다. 뒤
란에서 들려오는 댓잎들의 서걱거리는 빗소리는 꼭 재잘거리는 새
소리 같기도 하다.

　비 오고 나면 한 뼘씩이나 자라나는 죽순의 생명력을 좋아하고 비
갠 뒤 싱그러움을 더한 보랏빛 자운영을 나는 좋아한다. 가뭄에 쩍
쩍 갈라져 돌덩이처럼 굳어버린 논바닥도 비 온 뒤에는 그 특유의
부드러움으로 농부의 거친 손길을 다정하게 맞이하지 않던가.

　제비가 낮게 날고 개미들이 마당에 장사진을 치는 날이면 먼 산이
가까워지면서 어김없이 비가 내렸다. 한적한 시골 마을도 소낙비라
도 내리면 갑자기 온 동네가 바빠졌다.

　비는 또한 예감을 동반한다. 어릴 적 처마 끝에 대롱거리는 물줄
기를 보며 일 나간 엄마가　일찍 돌아오지 않을까 하는 예감, 비와
함께 떠나버린 연인이 떨어지는 빗줄기와 함께 돌아올 것 같은 예
감.

　첫사랑 그녀에게 처음으로 이별을 선언할 때도 비가 내렸다.

사랑이 무르익어 서로의 미래에 대한 책임감을 느낄 무렵, 난 그녀에게 고백했다. 잔뜩 빚더미에 올라있는 우리 집은 내게 기둥이 아니라 커다란 등짐이고, 폐결핵이라는 몹쓸 병을 몇 년씩 앓고서 늦깎이 대학생이 된 나는 아직도 그 후유증에 시달리고 있으며 세 차례나 병발한 그 병이 내겐 형벌과도 같은 것이라고. 지금도 심각한 병으로 인식되고 있지만 그 당시 폐결핵은 병마에 찌는 가난한 육체를 의미하는 말이기도 했다.

그녀는 아무 말도 하지 않고 묵묵히 내 말만 듣고 있었다. 둘 사이 무거운 침묵이 흐르고 나서 어두침침한 지하 다방에서 올라오니 밖에는 주룩주룩 비가 내리고 있었다. 우리는 우산도 없이 한참 동안 비 오는 거리를 말없이 걸었다. 그녀의 긴 머리카락이 비에 젖어 헝클어져 뺨이며 눈가에 들러붙어 있었다. 얼굴은 온통 빗물로 범벅이 되어 그녀가 눈물을 흘리는지는 알 수 없었다.

그녀는 아무 말 없이 뒤도 돌아보지 않고 버스를 타고 떠나버렸다. 그녀를 보내고 나서도 나는 한참동안 그 자리에 비를 맞으며 그렇게 서 있었다. 처량한 빗줄기는 전혀 그칠 줄 몰랐고 그 비를 흠뻑 맞은 나는 오랫동안 신열에 시달려야 했다.

그리고 몇 달 후 그녀로부터 다시 만나자는 연락이 왔다. 우리가 다시 만난 그 날도 비가 내렸다. 길고 아름다운 그녀의 생머리는 온데 간데 없고 짧고 단정한 단발머리 소녀로 변한 그녀가 나지막한 목소리로 입을 열었다. 헤어지기로 결심하고 버스를 타고 가면서 뒤를 돌아보니 비 맞은 장닭처럼 서 있는 그 모습이 너무도 불쌍해 보였더라고. 내가 이 남자 곁에 보살펴주어야 되겠다고 생각하고 그 동안 마음의 정리를 하고 나니 속이 다 후련했다고 고백 아닌 고백을 했다. 아마도 그 날 내린 비가 그녀의 모성본능을 강력하게 자극했던 모양이다. 결국 우리는 사랑을 다시 이어갈 수 있었고 나는 건강에 대한 자신감을 회복했다.

그 후, 비가 오는 날이면 우리는 누가 먼저인지 모르게 서로에게 전화를 걸었다. 내게 첫 사랑이었던 그녀와 결혼까지 할 수 있게 된 것은 전적으로 비 오던 그 날이 또 다른 의미의 유비무환으로 작용했던 것이 아닐까. 비 때문에 우리의 고민들이 해결되었으니 말이다.

창밖으로 시원스레 내린 비가 그칠 줄 모른다. 온종일 비가 오니 환자가 오지 않는다. 간호조무사가 커피 한잔 내밀며 머쓱한 표정으로 내게 말한다.

"원장님, 비가 너무 많이 내려요."

비 오는 날의 커피 한 잔은 씁쓸한 향과 더불어 달콤한 맛을 더해준다.

"유비무환이야, 유-비-무-환."

커피를 마시며 중얼거리듯 내가 말하자, 간호조무사의 눈이 동그래진다. 무슨 말인지 알아들을 수 없다는 표정이다. 유비무환의 깊은 뜻을 알려줄까 하다가, 그냥 나는 빙긋이 웃고 말았다. 잠시 주춤하던 빗방울이 더욱 거세게 창문을 두드린다.

가을산을 오르다

해피홀릭

지치고 힘들 때 내게 위안이 되는 것들이 있다.

그것은 산행 후에 마시는 한 잔의 막걸리이기도 하고 가슴속을 짠하게 하는 영화의 한 장면이거나 밑줄을 긋고 싶을 정도로 공감하는 책 속의 한 구절이기도 하다. 사랑하는 사람에게서 듣는 따뜻한 말한마디나 오래된 친구로부터 받은 한 통의 전화가 몸속에 찌든 우울의 찌꺼기를 씻어주기도 한다. 하지만 스트레스 대부분은 사람과 사람의 관계에서 출발하다 보니 어설픈 우정이나 애매한 관계의 친밀감은 오히려 독이 되는 경우가 있다. 그래서 사람들은 사이버 공간으로 슬쩍 회피하여 채팅을 하거나 잘 알지 못하는 사람과 스스럼없이 게임을 하기도 한다. 사이버 세상이 주는 편안함 때문일까, 사람들을 직접 만나기보다는 모니터와 대화를 주고받으며 사이버 세상에 갇혀 지내는 사람들이 많다. 직접적인 인간관계에서 오는 스트레스를 줄이면서 최소한의 관계를 유지하려는 하나의 방편일 것이다. 그들은 세상 돌아가는 일에도 친구를 만나는 일에도 관심을 보이지 않고 스스로 은둔형 외톨이가 되어 자신만의 세계에 갇히고 마는 것이다.

바둑을 취미로 두는 나도 언제부턴가 사이버 대국으로 슬쩍 자리를 옮겼다. 상대방과 마주 보고 있지 않아 승부욕이 강하게 일지 않지만 바둑에 지고 나서도 열패감에 시달리지 않아 마음 편하다.

대학 시절 바둑동아리에서 활동한 적 있는 아내 역시 바둑광이다. 우리는 바둑을 두면서 연애의 많은 시간을 함께했다. 하지만 대국이 끝나고 나서 뒤끝은 늘 좋지 않았다. 바둑으로 시작한 실랑이가 감정싸움으로 이어져 서로에게 심한 상처를 주기도 했다. 결혼을 하고 나서 언제부턴가 더는 수담을 나누지는 않지만 가끔 아내는 내 곁에서 훈수를 한다. 어느덧 나보다 상수가 된 아내의 훈수를 나는 한 번도 받아들이지 않는다. 나만의 바둑을 두고 싶다는 그럴듯한 이유를 내세우지만, 내면을 들여다보면 상한 자존심도 한 몫 거들었을 것이다.

어쩌면 현대를 사는 사람들은 모두 중독 환자일지 모른다.

우리는 아침마다 커피를 마시며 하루도 거르지 않고 뉴스를 본다. 휴대폰이 손에 없으면 안절부절못하고 인터넷에 접속하지 않고선 아무 일도 할 수 없다. 게다가 알코올, 마약이나 도박 등에 빠져 허우적대는 사람들도 흔하다. 중독에 관여하는 중요한 호르몬인 도파민은 우리에게 일시적인 만족과 쾌락을 줄지언정 영원한 행복을 보장해주지는 못한다. 행복은 결코 완성되지 않는다. 한 가지 욕망이 충족되면 금세 새로운 욕망이 생겨나기 때문이다.

하지만 중독이라고 해서 모두 다 해로운 것은 아니다. 신 나고 행복한 중독도 얼마든지 있다. 위대한 문학 작품이나 예술 작품들은 대부분 일 중독에 빠진 작가의 손끝에서 나온다. 재능 있는 자는 노력하는 자를 이기지 못하고 노력하는 자는 즐기는 자를 이기지 못한다 하였으니 그들이야말로 진정으로 행복한 사람일지 모른다.

괴테는 젊은 작가 에커만과의 대화를 통해

"진정으로 위대한 작가는 창작 과정 자체에서 최상의 기쁨을 누린다. 재능이 부족한 사람일수록 예술 자체보다는 작품이 완성된 후에 얻게 될 이익만을 염두에 두지만 그런 세속적인 목적으로는 결코 위대한 작품을 얻을 수가 없다"라고 말했다.

평생을 바쳐 글 쓰는 일에 중독되어 살다가 죽음이 임박했을 때 그 모습은 오히려 행복해 보였다.

"신이여, 내가 이승을 떠나서도 지상에서와같이 일할 수만 있다면, 미물이건 천사건 상관하지 않을 테니 다시 태어나도 일만 할 수 있게 해주시라. 그렇게 하는 것이 하느님 당신에겐 의무요, 나에겐 권리이다."

지극히 거장다운 지독한 중독이다. 미쳐야 미친다不狂不及 했던가. 기쁘게 일하고 해 놓은 일을 기뻐하는 사람은 행복하다는 괴테의 말처럼 오늘도 행복한 중독을 꿈꾸어 본다.

오늘은 큰 맘 먹고 아내한테 바둑 한 수 청해야겠다.

바둑 사랑

해마다 정초가 되면 동해안 해돋이 명소엔 새해맞이를 하려는 사람들로 붐빈다. 올해도 어김없이 그랬다. 좀 더 싱싱하고 우렁찬 마음으로 새해를 맞고 싶어서이리라. 그러나 천성이 게으른 나는 좀체면 길로 새해맞이를 나서지 못한다. 대신 가족들과 함께 서울 근교에 있는 가까운 산을 찾아 새해맞이 기분을 한껏 내본다. 올해는 친구 가족과 함께 북한산을 오르기로 했다.

오전 10시, 약속 장소인 구기동 매표소 앞에 도착했다. 산길 초입엔 벌써 해맞이 산행을 마치고 내려오는 사람들로 인산을 이루고 있었다. 정말 부지런한 분들이라는 생각을 하며 산길로 접어들었다. 매표소를 지나 막 오르막 산길을 오르는 순간이다. 벌써 산행을 끝내고 내려오는 사람들 속에 문득 낯익은 얼굴 하나가 보였다. 프로 바둑기사 조훈현 국수였다. 조훈현 국수가 북한산을 자주 오른다는 것은 세간에 잘 알려져 있다. 프로바둑기사들은 하루 종일 앉아서 대국을 해야 하기 때문에 산행을 통해 체력을 보강하는 것은 당연한 일인지도 모른다. 종일토록 선방에 앉아서 참선 수행하는 스님들이나 하루 종일 사무실에 틀어박혀 일하는 대부분의 현대인도 약한 체력을 다지기 위해서는 산행만큼 좋은 것은 없으리라.

처음 만난 사이였지만 반갑게 인사하자 조훈현 국수도 평소에 서로 잘 알고 지내는 사이처럼 반갑게 손을 내밀었다. 내심 기분이 좋았다. 바둑을 좋아하는 내가 새해의 첫날에, 그것도 평소에 존경해 마지 않는 조훈현 국수를 만난 것은 참으로 기분 좋은 일이었다. 운칠기삼運七技三이라 했던가. 새해의 첫날에 조훈현 국수를 만난 것을 보니 내게도 올핸 바둑운이 따르려나 보다.

나와 바둑의 인연은 참으로 깊다. 아내와의 인연도 바로 이 바둑 때문에 더 깊어졌으니 말이다. 내가 바둑을 처음 배운 것은 대학교 햇병아리 시절 아내와 처음 만나 연애를 하던 때부터이다. 대학에 갓 입학한 아내는 바둑 동아리 활동을 통해 바둑에 처음으로 입문했다. 그러나 늦게 배운 도둑질에 날 새는 줄 모른다고 했던가. 아내의 바둑사랑은 눈물겨웠다. 대학 4년은 물론 대학을 졸업한 뒤로도 아내는 바둑에 푹 젖었다. 그 세월이 벌써 이십 년이 넘었다. 아내에게 있어 바둑과 사랑은 동격이었다. 우리가 결혼을 하고 애들을 키울 때도 아내와 나 사이에 바둑은 늘 우리 생활의 일부로 자리 잡아 왔기 때문이다.

그러다 보니 에피소드도 많다. 아내와 바둑을 두고 난 뒤엔 늘 끝이 좋지 않았다. 아내가 나보다 상수였던 탓이다. 아내와 바둑을 둘 때마다 나는 자존심이 상하기 일쑤고, 그러다 보니 바둑 한 판을 두고 난 뒤엔 서로 등 돌리고 잠자는 것은 예삿일이요, 어쩔 때는 서로 각자의 방에서 끙끙대는 때도 있었다.

부득탐승不得貪勝의 기훈棋訓을 망각한 데서 오는 대가였다.

평소 부처님보다 속이 더 넓다고 날 부추기는 아내도 바둑판 앞에선 한 치도 물러설 줄 모른다. 그러다 보니 언제부턴가 나는 아내와의 대국을 멀리하고 슬그머니 사이버 바둑으로 자리를 옮기고 말았다.

하지만 아직도 명절날에는 온 식구가 여전히 바둑판 앞에 마주 앉는다. 두 형님과 매형도 나와 비슷한 기력의 소유자이다 보니 우리집은 명절날만 되면 차례 상을 물리자마자 자연스럽게 바둑판 앞에 마주 앉는 것이다. 그리고 시아주버니와 제수씨 간에, 매형과 처남지간에 피 튀기는 혈전이 시작된다. 겉으로는 모두 다 평온한 얼굴이지만 내심으로 다 들끓는다. 언젠가 조훈현 국수의 홈페이지에서 본 글이 생각난다.

"나이 오십 줄의 초로의 기사가 야생마처럼 좌충우돌 날뛰는 것에 대하여 혀를 차지는 마시라. 이 나이쯤 되어서는 부드러운 행마와 흑백간의 조화로운 화합으로 화국和局을 연출하는 것이 보기에 좋을 것이나 나는 아직 완성된 장인이 아니다. 아직은 힘이 닿는 데까지 바둑의 본령이 무엇인지 알아보고 싶은 소년의 마음 그대로일 뿐이다."

그렇다. 그토록 오래 정상을 밟고 넘어선 바둑황제의 마음이 이럴진대, 우리 범인들은 어떠하겠는가.

설이 얼마 남지 않았다. 온 가족이 모이면 우리는 또 바둑판을 마주하고 앉을 것이다. 그러나 올 설엔 반드시 화국을 남기고 싶다. 시아주버니와 제수씨 간의 화국, 매형과 처남지간의 화국, 운칠기삼의 그 화국. 진정한 화국이란 어쩜 자신에게 최선을 다하는 마음 그것뿐일 것이다

결혼의 변화

산도르마라이의 장편소설『결혼의 변화』를 읽은 적이 있다.

사랑에 실패한 세 명의 주인공이 결혼이라는 하나의 세계를 각자의 눈으로 바라보며 어떻게 조화롭고 서로 갈등하는지 또 내면의 세계는 어떻게 변화하는지를 보여주는 소설이다. 전혀 다른 시각으로 접근하여 서로 다른 소설처럼 꾸며져 있지만, 사실은 동일한 사안을 서로 다른 입장, 즉 남자의 시각 여자의 시각 그리고 내연녀인 하녀의 입장에서 조명한 것이다. 마치 지구별의 이야기를 금성과 화성에서 따로따로 이야기한 듯한 느낌이 드는 것은 사랑과 결혼 그리고 삶의 본질을 논함에 있어 정답이 있을 수 없기 때문일 것이다.

결혼이 인간에게 불합리하다는 것은 누구도 부정하지 못하는 사실이다. 사랑이란 본래 이성보다는 감성에 편중되어 있고 결혼 역시 논리적인 사고보다는 감정에 치우쳐서 이루어진 계약관계이기 때문이다. 그래서 사랑의 완성이 결혼이라는 데는 모두 다 흔쾌히 동의하지만 결혼이야말로 사랑의 무덤이라고 말하는 사람도 있다.

『나는 아내와의 결혼을 후회한다』라는 다소 도발적인 제목의 책을 냈던 문화 심리학자인 김정운 교수도 결혼이라는 사회 제도를 완전히 부정하지는 않는다. 다만 영원히 철들지 않는 남자들의 문화 심리를 말하고 있을 뿐이다.

"나는 가끔 내 아내와 결혼한 것을 후회한다. 아주 가끔…….

그러나 그때, 그, 묘하게 슬프고 에로틱한 여인과 결혼하지 않은 것에 대해선 절대로 후회하지 않는다."

결국, 해도 후회 안 해도 후회인 결혼을 지금의 아내와 한 것이 그나마 다행이라는 것이다. 결혼에 대한 언급은 창세기에서부터 존재한다. 하느님께서는 당신의 모습으로 사람을 창조하시되 남자와 여자로 그들을 창조하셨다. 하느님이 남자와 여자의 모습으로 사람을 창조한 것만 보아도 분명 결혼을 염두에 두고 한 것이 아닐까 하는 생각이 든다. 남자와 여자의 모습으로 태어난 이상 인간은 결국 결혼을 할 수밖에 없을 것이다.

노처녀 탤런트인 안문숙의 어머니가 텔레비전 토크쇼에 출연하여 "갔다가 돌아오는 한이 있더라도 한 번 가 봤으면 원이라도 없겠다."라고 말한 걸 본 적이 있다. 그녀는 왜 오십이 다 된 딸에게 결혼의 굴레를 씌우려 하는 것일까? 만일 결혼이 종족 보존과 성생활을 위한 것뿐이라면 굳이 결혼하지 않고 자유연애를 바랄 수도 있을 텐데. 물론 자기감정에만 치우쳐 사회적 도덕에 위배된다면 사회는 급작스런 혼란에 빠져들 수도 있을 것이다. 그러기에 다소 불합리한 면이 있더라도 결혼이라는 인습의 굴레를 쳐 놓고 스스로 거기에 갇혀 지내려는 것이 아닐까.

그럼에도 이런 인습의 굴레를 벗어던지고 성모럴의 해체를 주장하는 이들이 늘어가는 추세다. 성의학자들이 자주 인용하는 글 중에 '쿨리지 효과'라는 게 있다. 미국의 제30대 대통령 캘빈쿨리지의 일화에서 인용한 것으로 결혼과 성에 대한 인식의 차이를 설명할 때 자주 등장한다.

어느 날 40대의 젊은 쿨리지 대통령이 영부인을 대동하고 한 주지사의 농장을 방문하게 되었다. 그런데 갑자기 이상한 행동을 하는 수탉을 살펴보던 부인이 농부에게 물었다.

"수탉은 하루에 몇 번이나 암탉과 관계를 하나요?" 농부가 대답했다.

"하루에 열 번 이상입니다."

영부인은 이 말을 남편인 대통령께 꼭 전해 달라고 부탁했다.

그 말을 전해 들은 대통령이 농부에게 되물었다.

"그 수탉이 한 마리 암탉과만 관계를 합니까?" 농부는 대답했다.

"아니오, 할 때마다 상대를 바꾸어서 합니다."

아무리 멋진 상대라도 시간이 지나면 권태가 생기고 싫증을 느낄 수 있다. 제아무리 맛있는 음식이라도 3일만 계속해서 먹으면 금방 싫증을 느끼는 원리와 비슷한 것이다. 이런 경우를 '심리적 피로' 라 하여 권태기의 대표적인 심리현상으로 이해하고 있다.

그렇다면 이런 권태기를 어떻게 극복해야 할까?

부부 사이의 거리 조정이다. 적당한 거리를 유지하여 통기가 될 수 있도록 해야 한다. 이것은 자연에서도 마찬가지다. 아무리 가까운 사이라도 딱 달라붙어 공기가 통하지 못하면 나무는 썩게 마련이다. 적당한 햇볕과 신선한 공기를 맡을 수 있어야 활발한 광합성을 하여 뿌리를 튼실하게 하고 이파리를 무성하게 한다. 아무리 좋은 거름도 한 번에 많이 주면 금세 뿌리는 썩게 마련이다. 겉으로 보기에 울창한 숲일수록 가까이 가서 보면 나무마다 일정한 거리를 유지하고 있다. 감정의 통기가 원활할수록 나무의 줄기는 곧고 잎은 싱싱하다. 그리고 그 열매 또한 풍성하다.

졸업 25주년 그리고 은혼식

의과대학을 졸업하던 해 곧바로 결혼했다.

인턴 근무를 앞두고 있는 처지라 부랴부랴 결혼날짜를 정하다보니 졸업동기 중 네 쌍이 같은 날짜에 결혼했다. 그러고 보니 올해가 의사 노릇한 지 25년째이고 은혼식의 해이다.

의과대학 졸업 25주년 행사가 있다고 연락이 왔다. 졸업 기념 여행과 함께 강남의 모 식당에서 소박하나마 기념식을 한다는 것이다. 근 30여 명의 동기들이 한자리에 모였다. 여행을 함께하지 못하지만 저녁 만찬에만 참석한 동기들도 여럿이다.

그중에는 대학교수도 있고 방송출연 등으로 유명인사가 된 동기도 있다. 의사직을 잠시 접고 네팔 현지에서 자원봉사를 하는 동기도 있지만 대부분 숙명처럼 진료실을 지키며 묵묵히 살아가고 있다. 젊은 시절의 흔적이 얼굴 어딘가에 남아 있긴 해도 누구 하나 세월을 비껴가진 못한 듯하다. 대학시절까지 합하면 족히 30년이 넘은 세월이다. 20대 초반에 만나 50대의 나이가 되었으니 인생에서 가장 정열적이고 활동적인 30년 세월을 무엇이라 불러야 할까.

언제부턴가 우리 세대에게 386이란 말이 수식어처럼 붙어 다닌다. 1980년대에 학생운동을 통해 민주화운동을 경험한 세대를 통칭하는 말이지만 의과대학의 분위기는 달랐다. 낭만도 이데올로기도 끼어들 틈이 없는 의과대학에 우리를 경악게 하는 일이 벌어졌다.

그것은 바로 강용주 간첩사건, 이른바 구미 유학생 간첩단 사건이다.

그는 의과대학 한 해 선배였지만 후배들과도 잘 어울렸다. 의대생치고는 수더분한 차림에 막걸리를 즐겨 마셨고 쾌활한 성격임에도 논리가 명쾌했다. 80년대 남도의 대학에선 흔히 볼 수 있는 풍경이었다.

그런데 어느 날 그가 간첩단의 두목으로 대서특필된 것이다. 눈코 뜰 새 없이 공부에만 매달리던 의대생이 어떻게 하루아침에 간첩으로 변하게 되었는지 알지 못한 채 우리는 그저 망연자실할 따름이었다.

그는 유학생도 아니었고 간첩은 더더구나 아니었다. 당시 386세대에게 흔히 볼 수 있는 이른바 운동권 학생이었을 뿐이다. 그는 양심의 자유를 지키기 위해 그리고 전향제도 폐지를 위해 무려 14년의 옥살이를 감당해야 했다.

스물네 살에 감옥에 들어가 서른여덟이 되어서야 출소한 그는 다시 복학하여 당당히 의사가 되었다. 뒤늦게 가정의학과 전문의를 따고 고문 생존자를 위한 치유모임을 시작했고 광주 트라우마 센터의 일을 맡았다.

그는 "국가폭력 생존자들의 내면에 있는 상처를 보듬어 정상적인 생활을 할 수 있도록 돕는 게 트라우마센터의 역할"이라고 설명했다.

고등학생의 몸으로 518 광주항쟁에 참여하고 30여 년이 지난 지금까지도 살아남은 자의 부끄러움을 갚기 위해 여전히 현재 진행형인 고통을 온몸으로 견디면서 살아가고 있는 그.

어느새 50줄에 들어선 그를 다시 만났다. 해맑은 얼굴에 덥수룩한 수염을 길러 마치 동네 형님처럼 보이지만 실은 나와 동갑이다. 그는 학창시절처럼 유쾌하게 떠들었다. 그에게 고통을 안겨준 세상에 대한 원망은 전혀 보이지 않고 시종 여유와 유머가 넘쳤다.

덥수룩한 수염처럼 그와의 대화는 푸근했지만, 시대가 그에게 많은 빚을 지고 있다는 생각이 들었다. 짧은 기간이나마 그와 함께 동문수학한 나 역시 그에게 빚지고 있는 것처럼.

은혼식은 연초에 있었다. 축하케이크를 앞에 두고 조촐하게 잔을 들었다. 특별한 반지는 준비하지 않았지만 함께 살아온 세월만큼 깊은 의미가 있었다. 둘이 만나 결혼하여 세 식구가 되고 다시 네 식구가 되었고 꼬물꼬물하던 어린 자식들은 이미 대학생이 되어 품 안을 벗어난 지 오래되었다.

몇 해 전부터 혹독하게 갱년기를 겪었던 그녀도 조금은 평정심을 회복한 모양이다. 머리 모양도 자주 바꾸고 옷매무새에도 신경을 쓰고 내게 머리 염색을 해주면서 자기도 새치 염색을 함께하는 걸 보면.

잔을 들고 있는 그녀의 모습을 물끄러미 바라보았다. 희끗희끗한 머리칼과 눈가에 도드라진 잔주름이 흘러간 세월을 짐작게 했다. 캠퍼스 커플로 만났으니 연애시절까지 합하면 30년이 넘은 세월이다. 때로는 보금자리처럼 때로는 감옥처럼 느껴졌지만 서로를 구속하지는 않았다.

촛불을 켜고 자연스럽게 노래를 불렀다. 임을 위한 행진곡. 그녀도 나도 운동권이 아니었지만 80년대 대학가에선 애국가처럼 불렸던 노래이기도 하다. 이번 518 기념행사에서 이 노래를 부를 수 없어 행사가 파행되었다는 말을 들었다. 또 하나의 이데올로기에 갇힌 것 같은 이 느낌은 나만의 생각일까.

건배를 제의하자 그녀는 넌지시 보톡스를 맞고 싶다고 한다. 눈가의 잔주름이 훨씬 자연스럽고 아름답다고 말했지만 전혀 수긍하지 않는 눈치다. 인터넷 바둑을 즐겨두는 그녀에게 노트북 컴퓨터를 선물로 제시했지만 여전히 시큰둥했다. 특별히 선물을 준비하지 못한

가을산을 오르다
163

처지라 지금까지 그녀의 반응만 살피고 있다. 나 몰래 시술이라도 받을 태세지만 아직까지 얼굴엔 어떤 변화도 보이지 않고 있다.

5부

천년완골

새해 아침 불암산

새해 아침 해돋이 명소를 찾아 떠나는 가족여행이 익숙한 풍경이 된 것처럼, 도시를 떠나지 못하는 사람들이 떠오르는 새해를 맞이하기 위해 산에 오른 것 역시 도심 속 신풍속도가 되었다.

거대한 수평선을 가르며 떠오르는 장엄한 태양은 분명 희망의 메시지이지만 고요한 지평선을 따라 슬그머니 머리를 내미는 태양도 똑같은 희망이기 때문이다. 그래서일까, 큰 산마다 예외 없이 해돋이 명소가 있고 새해 아침이 되면 조금이라도 먼저 희망을 맞이하려는 사람들로 발 디딜 틈이 없다. 가족 단위로 혹은 동호회 회원끼리 삼삼오오 짝을 지어 캄캄한 새벽 산길을 오르는 모습은 마치 부족한 희망의 부스러기를 먼저 챙기려는 전쟁터 같기도 하다.

나 역시 새해가 되면 집 근처 불암산에 오른다.

떠오르는 해를 보며 소망을 바라기도 하지만 그보다는 산에 올라 욕심만이라도 좀 내려놓으려는 나름의 의도도 간직한 채. 해가 떠오르기 시작하면서 나의 소망을 한 가지씩 말한다.

먼저 나와 가족의 건강을 빌고, 화목한 가정이 되게 해달라고 빈다. 하는 일이 무사하기를 간절히 빌고 올핸 더욱 번창하기를 바란다. 슬그머니 내게도 문운이 틔기를 바란다. 마음속에 간직한 소망을 다 말하기도 전에 겨울산은 온전히 제 모습을 드러내고 만다.

해가 떠오르자 사람들이 환호성을 지른다. 하지만 그것도 잠시 눈 녹은 산길은 벌써 질척거리기 시작한다. 나는 다시 내려가는 길에 미끄러지지 않기를 바란다. 무사히 집 근처에 다다르자 조금 전까지만 해도 미처 생각지 못한 소원들이 다시 꼬리를 문다. 큰아들 놈이 군 복무를 잘 마치고 나머지 대학생활을 잘하기를 바라고 둘째 놈은 좋은 대학에 붙기를 바란다. 아내는 따뜻한 밥을 지어 놓고 반갑게 나를 맞이하기를 바란다.

집 앞 현관에 이르러서야 비로소 욕심을 내려놓은 게 아니라 새로운 욕심만 잔뜩 지고 내려온 나를 발견한다. 혹을 떼러 갔다가 욕심의 혹만 잔뜩 지고 내려오는 혹부리 영감처럼.

언젠가 송년 모임에서 당시 환자들의 존경과 찬사를 한몸에 받고 있는 안과 의사에게 후배 의사가 당돌하게 질문했다.

그 해 겨울 안질이 돌아 병원 앞이 문전성시를 이루던 때였다.

유행성 결막염으로 인해 선배님의 병원에 환자가 더 많아지기를 바라는지, 아니면 모든 사람이 건강을 되찾아 하루빨리 병원이 한가해지기를 바라는지. 그때 속마음을 직접 표현하지 못하고 얼버무렸지만 아마 그 선배 의사도 이런 심정 아니었을까?

"농부는 곡식값이 비싸야 하고, 건축가는 집이 쉬 무너져야 하며, 재판소 관리들은 소송을 하며 다투어야 하고 성직자들의 영광과 직무까지도 우리들의 죽음과 악덕 없이는 안 될 말이다. 의사는 친구의 건강도 달가워하지 않으며, 군인은 자기 나라의 평화도 기뻐하지 않는다고 옛 그리스 희극작가는 말하였다. 다른 일도 마찬가지다. 더욱 언짢은 것은 우리네 각자가 마음속을 들여다보면 그 소망은 거의 다른 사람의 손해가 되는 데서 비롯되는 일들이다."

– 몽테뉴, 『수상록』에서

물론 인간사의 이기심을 과장해서 표현한 대목이지만 예나 지금이나 인간의 욕심이란 끝이 없는 것 같다.

한해가 지나가고 또 한 해를 맞이하는 시점에서 우리는 공연히 슬퍼지고 또 공허해진다. 그래서일까, 우리는 무엇인가를 바라고 또 바란다. 그렇다면 아무리 채우려 해도 채워지지 않는 욕망은 어떻게 해야 할까? 아무리 비우려 해도 비우지 못한 욕심은 또 어떻게 할 것인가?

이미 중천에 떠올라 하산 길을 환하게 비추고 있는 해에게 다시 물어봐야겠다.

혹 나의 소망이 다른 사람의 손해를 말하는 것은 아닌지.

이제는 말할 수 있다

힘들고 고달팠던 기억도 시간이 지나고 나면 아름다운 추억이 된다. 우리가 힘들었던 학창시절이나 수련의 시절, 혹은 군의관 시절을 더욱더 그리워하는 것도 아마 그런 연유 때문일 것이다.

지난 주말, 전역한 지 십수 년 만에 옛 전우들이 한자리에 모였다. 강원도의 한 야전병원에서 같이 근무했던 전우들이다. 당시 우리는 전역이 얼마 남지 않은 상태에서 동해안 전투함 침투 사건이 터지는 바람에 오랫동안 야간 대기 근무를 함께 하며 전우애를 다졌었다.

오랜만에 만난 전우들의 겉모습은 많이 변해 있었다.

그러나 우리들의 행동은 그때나 지금이나 변한 것이 거의 없었다. 이야기꽃은 끝이 없었다. 어려운 의료 현실 속에서 자조 섞인 이야기가 대부분이었다.

그러나 몇 차례 술잔이 돌고 나자 우리들의 이야기 무대는 자연스럽게 군의관 시절의 아침 회의실로 바뀌었다 진료부장이 잔뜩 무게를 잡고 가운데 자리에 앉고 나면 출근 순서대로 의자에 앉았다.

늦게 출근하기 일쑤인 나는 항상 머쓱한 표정으로 회의실 한쪽 끝 의자에 걸터앉곤 했다. 간단한 전달사항이 전해지고 나면 누가 먼저랄 것도 없이 우리들의 얘기는 생활과 관련된 잡다한 이야기로 이어진다. 요즘 병원장의 기분은 어떻고, 새로 온 행정부장은 성깔이 좀 깐깐한 편이며, 노처녀 간호부장은 요즘 들어 간호장교들을 더욱더 채근한다는 둥 그 시간은 병원내의 분위기를 한 순간에 파악할 수 있는 자리이기도 했다.

우리는 또 지난밤 최종주자들의 포커 레이스 결과에 관심을 보이기도 했다. 아무래도 치과 쪽의 승부가 항상 좀 높은 편이었다. 원래부터 잡기에 능한 H대위는 그렇더라도 근자에 카드를 배워 초기엔 영 신통치 않던 Y대위까지 쏠쏠한 재미를 보는걸 보면 주색잡기에 관한 한 치과 군의관들의 재주가 한 수 위임엔 틀림없었다.

그 날도 그랬다. 다른 사람의 얘기엔 별반 관심이 없던 사람들도 치과 H대위 얘기엔 눈을 번뜩이며 사냥개처럼 귀를 쫑긋했다. 그 당시 총각이었던 H대위가 갑자기 NOQ(간호장교 독신숙소)로 이사해 간 것만 해도 그랬다. NOQ에 살고 있던 한 간호장교가 관사 내에 신혼살림을 차리게 됨에 따라 H대위에게 그가 살고 있던 아파트를 비워줄 것을 요구하자 H대위는 아예 살림을 빼서 NOQ로 이사를 해

버린 것이다.

H대위는 그날부터 곧바로 BOQ(독신장교 숙소) 젊은 장교들의 부러움(?)을 샀다. 생각해 보라. 금남의 집인 NOQ에 천하의 H대위가 떡 하고 들어갔으니 말이다. 그런데 이상한 일(?)이 생겼다. 그 이후로 H대위는 그렇게 좋아하던 술도 줄이고, 퇴근시간도 잘 지켰으며, 근무시간에도 더없이 성실해졌다. 무슨 큰 비밀이라도 간직한 듯 그는 피핑 톰이 되어 간 것이다. 하지만 H대위가 입을 굳게 다물수록 우리들의 궁금증은 더해만 갔다.

허가 받고 들어간 금남의 집에서 행복해 했을, 아니면 '잘못 들어간 여탕'에서 숨죽이며 불쌍하게 살았을 그 모습을 상상하며, '이제는 말할 수 있다'고 부추기자 비로소 H대위가 말문을 텄다.

"결혼도 안 한 젊은 남녀가 한 지붕 아래서 살았는데 수많은 스토리가 왜 없었겠어!"

그러자 마취과 K대위가 덩달아 너스레를 떨었다.

"노처녀 O대위 말야, NOQ에 들어가지 않겠다고 어찌나 버티는지, 밤마다 담 넘어 들여보내느라 힘든 건 나였다구!"

부인과 아이들이 함께 캐나다 유학을 떠나 기러기 아빠가 된 정형외과 N대위는 지금도 여전히 뒷북을 치고 있었다.

"간호장교 P중위 말야, 몸매가 죽여줬다며?"

유명대학 중견교수가 된 A대위만 말을 아꼈다. 그는 '아직도 말할 수 없다'였을까?

　그날 밤 오랜만에 만난 우리는 각자의 마음속에 수수께끼 같은 질
문 하나씩 가지고 다시 각자의 자리로 되돌아갔다. 일 년 후 또 다른
모습, 아니 똑같은 모습의 우리들을 기약하면서.

20년 후

하루 앞도 알 수 없는 세상이다.

아니 한 치 앞도 불분명한 세상에서 20년을 운운한다는 것은 어쩌면 무모한 발상일지도 모를 일이다. 20주년 행사를 정확히 1주일 앞둔 토요일 아침, 쓰나미처럼 몰려 온 메가톤급 뉴스(故 노무현 대통령 서거 소식)에 온 나라가 슬픔의 파도에 잠기고 엄청나게 불어 닥친 애도의 후폭풍에서 아직 깨어나지 못한 채 맞이한 졸업 20주년 홈커밍데이.

일찌감치 진료실 문을 닫고, 용산발 송정리행 KTX를 타고 가며 차창 밖으로 빠르게 지나가는 학창 시절의 풍경을 회상하다 뜬금없이 오헨리의 단편소설 『20년 후』가 생각났던 것은 아마도 20년이라는 세월이 주는 상징성 때문이었을 것이다.

"Bob에게

나는 약속시간 정시에 갔네.

자네가 성냥을 그어 담뱃불을 붙일 때

시카고 경찰에서 지명수배하고 있는 인물이라는 것을 알았기에

차마 내 손으로 자네를 체포할 수 없어 사복경찰에게 부탁한 것이

라네……."

물론 20년 후를 예상하여 약속 장소를 미리 정해둔 것도 아니요, 소설처럼 형사와 수배범이라는 입장이 되어 만난 것은 아닐지라도 20년이란 세월 앞에서 그 누구도 자기 삶의 보따리를 당당히 내놓거나 또 수배자처럼 함부로 구겨 넣지 못할 뿐이었다.

오히려 의사라는 운명의 굴레로 살았던 20년이란 세월은 우리 모두를 얼추 하나의 공동 운명체처럼 꽁꽁 묶어 놓기에 충분했다.

2, 3년 전부터 이 모임을 준비하기 위해 여러 동기들의 움직임이 감지되었지만 내가 직접 피부로 느꼈던 건 지난 5월 둘째 주 재경 37회 동문 모임에서부터였을 것이다.

특별히 이번 모임을 위해 광주에서 올라온 집행부 임원들, 우리의 영원한 마스코트인 장회장도 세월은 비껴갈 수 없었는지 차분한 어조이지만 번뜩이는 세상의 때가 느껴졌고, 바리톤의 중후한 멋이 일품이지만 고루한 대학교수의 인상은 어쩔 수 없는 이교수, 그리고 늘 번뜩이는 기지와 자유로운 사고의 소설가임에도 살짝 독재자의

인상을 지울 수 없는 임원장이 함께 참석하여 어느 때 보다 진지한 분위기로 출발하였다.

하지만 술판이 깊어지고 시간이 자정을 넘어서자 우리들의 대화는 20년 전의 그 강의실에서 한 발자국도 빠져나오지 못하고 좌표를 잃고 방황하는 40대 중후반의 대한민국 민초 의사들의 슬픈 자화상들만 맥주잔을 기울이고 있을 뿐이었다.

이렇다 할 권력도 그렇다고 출중한 명예도 대단한 부의 축적도 하지 못하였지만, 아직도 사회에서는 부르주아지의 끄트머리 세대쯤으로 인식되고 여전히 수험생들에게는 넘어야 할 높은 장벽이고 세상 사람들은 존경의 대상보다는 질시의 대상으로 삼아 고마움보다는 돈밖에 모르는 파렴치한 정도로 인식되고 있는 현실 앞에서 정작 우리는 쥐오줌처럼 사그라진 자긍심을 버리지 못한 채 학교 발전 기금과 동기회비에 전전긍긍하는 우울한 소시민들. 우리는 모두 험난한 고난의 세월을 함께 살아온 동지처럼 일종의 오묘한 전우애를 느끼며 20주년의 또 다른 밤을 위해 생맥주로 밤을 다지고 있었다.

그리고 2009년 5월 30일 오후 6시 나주 중흥 골든스파 대연회장,

주로 공식적인 행사들로 이루어진 1부 행사에서는 은사님과 동창회장의 격려사 및 답사 그리고 발전기금 전달 등에 이어 스승의 은혜 노래가 이어질 땐 전 회원이 기립하여 스승에 대한 예를 갖추었다. 곧이어 단체 기념 촬영 등이 이어졌다. 그동안 간혹 얼굴을 대

한 동기들도 있었지만 어쩌면 20년 만에 처음 만난 동기들도 있어서 우리는 가슴에 멍에처럼 명찰을 차고 다녀야 했다. 대체로 학창시절의 모습을 남긴 채 늙어가는 남자들에 비해 여자 동기들의 모습이 많이 변한 것은 무슨 연유일까?

진지한 1부 행사를 마치고 만남의 장 행사로 진행된 2부 행사에서는 우리 동기들에게 매우 뜻깊은 행사를 가졌다.

동기의 위상을 높인 회원 소개 및 공로패 전달이 있었다. 그중에서도 특히 투철한 봉사정신으로 벌써 십여 년째 방글라데시 오지에서 의료봉사를 하고 있는 독실한 크리스천 이석로 원장, 그 성과를 인정받아 대통령 표창까지 받은 이 동문에게 우리는 진심 어린 감사와 축하를 해주었다. 하지만 그 고난의 세월을 전혀 희생이라 생각지 않고 황소처럼 뚜벅뚜벅 걷고 있는 작은 거인, 우리는 잠깐 스치듯 그가 준비한 슬라이드를 보았지만, 그 봉사의 가운데서도 승용차를 가로막고 구걸하는 노파에게 양심의 창을 열까 말까 망설였다는 인간적인 고뇌에 장내는 숙연해지기도 하였다. 이어서 학술부분의 공로를 인정받아 공로패를 받은 한 교수, 진심이 담긴 봉사 정신으로 이번 모임을 한껏 빛내준 해남의 하원장 까지는 그렇다 치더라도 그저 지 좋아서 글쓰기 하고 있는 무명시인인 내게까지 감사패는 전혀 뜻밖이라 잠시 망설였지만, 구색 맞추기에는 안성맞춤 이란 생각에 선뜻 꽃다발을 받아 챙겼다.

식사를 마치고 시작된 여흥과 친교의 밤, 3부 행사는 가수 못지않은 동기들의 노래솜씨와 장기자랑 등으로 꺼질 줄 모르는 마이크 소리가 자정이 다 되도록 홀 안에 울려 퍼졌다. 하지만 여기에서도 텅 빈 가슴을 주체하지 못한 동기들이 또다시 지하 생맥줏집에 하나 둘 모여들어 새벽 3시가 넘어서야 내일의 일정을 위해 강제 해산했다.

이튿날 아침, 부지런한 동기들은 벌써 새벽공기를 가르며 나인 홀을 마칠 시각, 물론 20년 전이라면 학교 정문 앞 독수리 복사 집에서 구입한 복사지에 밑줄을 치며 밤을 새웠겠지만, 이제는 그늘 집에서 시원한 맥주의 거품을 걷어내며 인생과 골프를 견주어 개똥철학을 논하고 있을 것이다.

투어버스에 몸을 싣고 화순 운주사를 거쳐 보성 녹차 밭으로 향한 길, 어제 못다 한 이석로 선생의 봉사의 삶에 대한 생생한 이야기를 마저 듣고 가이드를 자처한 안원장의 해박하고 유머러스한 이야기를 듣느라 시간은 잠시도 주춤하지 않았다.

이제 우리들의 마지막 여정인 모교방문, 설레면서도 한편 경건한 마음으로 우리 때와는 사뭇 다른 강의실의 분위기를 보았다. 모교의 발전에 감동하면서도 얼마 남지 않아 결코 호락호락하지 의료 환경에 내던져질 후배들의 어쩌면 또 다른 우리들의 모습에 착잡한 마음 또한 금할 수가 없다. 놓쳐버린 열차는 그립고 떠나 버린 연인은 아름다우며 지나쳐 간 식당은 늘 맛있을 것 같은 환상처럼 언제나 현실은 고달프고 추억은 아름답다. 정든 교정을 떠난 지 20년, 결코 짧지 않는 그 세월을 우리는 무엇이라 불러야 할까?

정서와 추억의 공유가 얼마나 큰 감흥이며 행복인지 새삼 실감했던 1박 2일,

이제 정든 교정 방문을 끝으로 정말로 일상으로 돌아가야 하는 시간, 서울로 돌아오는 기차 안에서 물끄러미 차창 밖을 바라보며 이제 조금씩 늙어가는 동기들의 모습을 회상해 본다.

"사람은 하나에 집착하는 일이 없다. 모이면 떠나가고, 명예를 이루면 비방을 받으며, 모가 지면 꺾이고, 높아지면 비평을 받으며, 하는 일이 있으면 깨어지고, 어질면 음모를 받으며, 어리석으면 속으므로, 쓸모가 있든 없든 간에 어찌 화를 면할 수 있겠는가? 그러니 슬프도다. 제자들아, 잘 기억해 두어라. 오직 도가 있을 뿐이다."

『장자』에 나오는 이야기이지만, 옛날이나 지금이나 사람 살기가 쉽지 않은 것은 마찬가지인 모양이다.

그러나 어쩔 것인가. 미래는 미래의 몫일 뿐, 피할 수 없다면 즐겨라.

동기들이여, 카르페 디엠!

천년완골 千年頑骨

　매월 넷째 주 금요일 저녁 7시 30분, 마포구 성지빌딩 000호. 하루 진료를 마친 7, 8명의 의사들이 함께 모여 미리 정한 글을 함께 읽고 자신들이 쓴 글들을 합평한다. 이름하여 천년완골 문학회. 재경 전남의대 문학 모임이다.

　늘 가슴 조이며 살았던 학부시절, 의과대학 정문 앞에 활짝 핀 백목련이 해부학 구두시험에 지친 우리들의 가슴을 위로했다면, 바로 그 해부학 교실 앞에 아름드리나무로 떡 버티고 서 있는 천년완골은 우리들에게 원대한 꿈을 심어 주었다. 그리고 그 꿈이 삶이라는 고단한 현실과 타협하며 적당히 조화를 이루어갈 즈음 우리들의 글쓰기는 천년완골 나무처럼 그렇게 시작되었다.

　글쓰기라 해서 의학 저널이나 유명 학술 잡지에 의학 관련 논문을 쓰는 것이 아니요, 그저 우리들의 일상생활, 혹은 진료 현장에서 보고 느낀 바를 그저 각자의 감정과 감성에 맞춰 솔직하게 쓴 글들이다. 때문에 문학도가 아닌 우리들의 글 가운데는 문학적 성취도가 뛰어난 작품도 있지만 대개는 퇴고하기 전의 초고를 함께 읽는 경우가 대부분이다.

사실 의사들인 우리들의 문학적 토양은 척박하기 이를 데 없다. 입시에 내몰린 중 고 시절에는 국정교과서 이외의 시집이나 소설 등은 가까이해서는 안 될 금서였고, 의과대학 시절에 문학은 삶의 사치스런 감상쯤으로 치부되었다. 더구나 요즘처럼 논술의 중요성을 강조하지도 않던 때였으니 문학적 글쓰기는 그야말로 먼 세상의 얘기였던 것이다.

하지만 불혹을 지나면서 시시때때로 밀려드는 삶의 공허감을 지울 수 없었다. 온종일 진료를 하고 나면 무언가 알 수 없는 갈증들이 땅거미처럼 엄습해오곤 했다.

무엇이 나를 이토록 목마르게 하는가? 무엇 때문에 나는 이 갑갑한 진료 현장에 나의 모든 삶을 투신하고 살고 있는가? 이 고독, 이 쓸쓸함, 이 공허감은 무엇인가? 우리들의 글쓰기는 거기서부터 시작되었다.

처음에는 동창회 홈페이지에 썼던 글에 대해 서로 평하고 댓글을 달아주는 것으로부터 천년완골 식구들과의 만남은 자연스럽게 이루어지기 시작했다. 서로 의기가 투합한 끝에 일산의 한 식당에서 첫 모임을 가진 뒤 우리들의 천년완골은 매월 한 번씩 지금까지 3년 동안 만남이 지속되고 있다.

우리들의 만남은 문학적 관심과 열정만으로도 모임 시간 내내 열정적이고 진지하다. 체계적인 문학수업이 이루어지는 것은 아니지만 좋은 문학 작품을 찾아서 같이 읽고 서로의 글에 대해 함께 의견 나누다 보면 한 달 내내 진료 현장에서 쌓인 삶의 불순물들이 맑은 물처럼 정화되는 것이다.

모임의 수장 격이자 오래전에 문단에 등단, 명수필가로, 시인으로 활발한 작품 활동을 하는 장원의 선생님은 「언청이의 피리」라는 글에서 자신의 문학적 소회를 이렇게 밝히고 있다.

"늦게나마 글쓰기를 시작한 것이 얼마나 잘한 일인지 모르겠다. 내 수필 공부는 자갈밭을 일구는 농부의 손과 같다. 수필에 애정을 갖다 보면 그 속에서 행복한 삶으로 다가온다. 낚시꾼이 낚싯대를 손질하며 행복에 젖고, 가난한 서생이 먹을 갈며 그 향기로움으로 인생을 달랬다 하지 않던가.

『메밀꽃 필 무렵』이나 『혼불』 같은 명작을 못 쓸 바에야 아예 글을 쓰지 말라고 하는 집사람의 말은 귓전에 흘려버리고, 수작이나 명작은 몰라도 언청이가 피리를 불듯 흉내라도 내보려고 나는 오늘도 서재로 들어간다."

그렇다. 우리 천년완골 동료들의 글쓰기는 오늘도 언청이가 피리를 불듯, 갓난아이가 걸음마를 배우듯 계속될 것이다.

최근 출간된 『의학과 문학』(문학과지성사 刊)의 머리말에 보면 이런 말이 나온다. "문학은 인간에 대한 가장 심오한 이해의 표현이다. 문학의 논리는 인간의 논리며 문학 작품은 인간이라는 존재를 사수하기 위한 감성적 실천의 결과물일 뿐이다. 다시 말하면 의학은 문학을 만나서 의학 본연의 실체를 회복하는 계기를 만들 수 있는 것이다."

최근 들어 의학이 고도화된 자연과학일 뿐만 아니라 꼭 풀어야 할 사회과학이라는 인식이 확산되고 있는 것도 그와 같은 맥락일 것이다. 그래서 몇몇 의과대학 교육과 정에서 의학과 문학의 만남이 이루어지고 있는 것은 참으로 고무적인 일이다. 아니 인간의 생명을 다루는 우리 의료인들에겐 그 같은 의학과 문학의 만남이 참으로 다행인 일인지도 모른다. 우리들의 글쓰기는 우리들의 의업을 더욱 충실히 이행하기 위한 또 다른 작업이기 때문이다.

의업에 있어 아마추어란 영원히 있을 수 없는 일이지 않는가?

봄을 재충전하다

春似春無昭光, 春來不似春

작년 봄과 올봄이 다르지 않고 10년 전 봄과 올봄이 하등 다를 바 없는데 어찌 봄이 봄 같지 않다는 것인가?

우수 경칩 지나고 춘삼월 꽃들은 다투어 멍울을 터트리는데 봄볕이 봄볕이 아니라니 이는 필시 몸은 간절히 봄을 원하고 있되 아직 마음이 봄을 맞을 준비가 덜 되어 있다는 말일 터.

매년 이맘때 쯤이면 도지는 향수병 때문일까, 어디로든지 도심을 떠나야 한다는 강박증과 이대로 있다가는 금세 봄이 떠나가 버릴 것만 같은 조급증이 맞닥뜨려서인가, 무작정 떠나기로 했다. 나처럼 봄을 앓고 있는 아내와 단둘이서.

차를 타고 간다면 행선지는 어디라도 상관없지만, KTX를 이용하기로 이미 마음을 정한 이상 서울 부산 간 풀코스를 택하기로 했다. 중학교 때 기차통학을 해서인지 기차여행의 향수를 기대했던 내게 고속전철은 다소 의외의 모습으로 다가왔다. 오징어와 땅콩의 수선스러움이 없고 삶은 계란도 없는 객실은 서먹한 느낌마저 들었다. 만취한 승객의 떠드는 소리 대신 스튜어디스 복장을 한 세련된 매너의 여승무원이 오히려 낯설게 느껴졌다. 좁은 객실에서 정다운 눈인사를 나눌 수 있는 사람도 마땅치 않아서일까, 자연스럽게 눈길은 창밖 풍경으로 향했다. 잠깐 우리와 함께 달리던 낙동강이 먼저 사라지고 동행하던 태양마저 슬그머니 자취를 감추고서야 부산역에 도착했다.

여전히 활기 넘친 시내 관광을 뒤로하고 우리는 먼저 해운대 숙소로 향했다. 감미롭고 여유 있는 해운대 봄밤이 굳게 닫힌 내 마음의 빗장을 열어 주리라 확신해서였다. 하지만 그런 나의 기대는 여지없이 무너지고 말았다. 크고 작은 추억들로 할 말이 많은 탓인지 백사장 여기저기서 터지는 폭죽 소리로 해운대의 봄밤마저도 몸살을 앓고 있었기 때문이었다. 폭력으로 얼룩진 바다 앞에서 무력한 파도는 아무런 저항도 하지 못하고 밤새도록 끙끙거렸다. 도심에 찌든 나 역시 가슴 속 응어리를 하나도 풀어내지 못한 채 서둘러 바다를 빠져나와만 했다.

결국 우리가 택한 행선지는 사람 냄새 가득한 자갈치 시장이다. 이번엔 마음먹고 이곳을 찾았다. 자갈치 시장은 사십 계단 층층대와 함께 피난시절 서민들의 한(恨)과 설움이 떠올려지는 곳이다. 시장 입구의 커다란 입간판의 당당한 사투리가 눈길을 끌었다.

오이소, 보이소, 사이소. Come, See, Buy.

친절한 해설까지 붙여놓은 커다란 입간판이 우리를 불러 세웠다. 그리고 이어지는 자갈치 아지매의 정겨운 사투리가 비로소 말라붙은 내 가슴을 흠뻑 적셔 주었다.

"이리 오이소, 사게 주께 사이소."

한때 경상도 사투리에 대한 거부감이 있었다. 아마 지역감정의 골이 극에 달했던 80년대 초반일 것이다. 군항제가 한창이던 어느 봄날, 난 진해 시내 조그만 도서관에 파묻혀 있었다. 지친 몸을 달래 대학입시 공부를 다시 시작한 이른바 재수생 시절이었다. 봄날에 취한 나도 어느 순간 도서관을 박차고 나와 벚꽃이 한눈에 내려다보이는 장복산에 올라 시름을 달래는 중이었다. 당시 고등학교 동기 중 해군사관학교에 갓 입교한 친구가 있었다. 난 그곳이 어디쯤 있는지 새삼 궁금해졌다. 마침 근처에 놀고 있는 초등학생쯤 되어 보이는 아이들을 불러 세웠다.

"야! 아그들아, 해사가 어디여?"

대답은 하지 않고 슬슬 뒷걸음치는 아이들한테 재차 물었다.

"느그들, 진해 삼시롱 해사도 모르냐?"

"회사 말고 해사 말이여, 해군사관학교!"

전라도 사투리와 이북 사투리를 구별할 리 만무한 반공정신이 투철한 아이들은 주요 군사시설을 묻는 날 수상히 여겨 인근 부대에 신고하기에 이르렀고 다행히 형님이 현역장교란 사실이 인정되어 금세 오해가 풀렸지만 오래도록 잊지 못할 해프닝이었다.

"아지매, 회 한 접시만 주이소, 나머지는 박스에 사서 주실례예."

어설프게 흉내 내보지만 부산 사투리는 언제 들어도 푸근하고 정겹다. 이데올로기가 사라진 이북 사투리가 그렇듯이.

우리는 자갈치 아지매가 정성스럽게 포장해 준 회 한 박스를 들고 부산역으로 향했다.

부산역은 여전히 활기에 넘쳤다. 하지만 객실 내 풍경에 시들해진 나는 돌아오는 길은 처음부터 독서로 시작할 요량이었다. 피곤한 여행 중에 무슨 책이냐며 눈을 흘기는 아내의 핀잔에도 아랑곳하지 않고 책을 펼쳐 들었다. 그러다가 깜박 잠이 든 사이 기차는 어느새 한강교를 거슬러 오르고 있었다. 철교 위의 소음에도 꿋꿋하게 잠들어 있는 아내의 모습을 보자 지난 세월이 KTX처럼 빠르게 스쳐 지나갔다. 평온한 얼굴로 내 어깨에 기대어 잠들어 있는 아내를 한참 동안 깨우지 않고 가만히 바라보았다. 벌써 서울역에 도착한 기차가 안내방송을 시작했다.

그동안 잃어버린 세월이 없는지 다시 한 번 주위를 살펴보라고.

전화기 너머

오후에 걸려온 한 통의 전화.

"여보세요?"

"○○氏 되십니까?"

"네 맞는데요, 근데 뉘신지?"

나는 목소리를 가다듬고 조심스럽게 대답했다.

"아아! 잠깐만요."

책장 넘기는 소리가 들리고 잠시 후 세련된 말투의 목소리가 다시
들렸다.

"혹시 ○○선배님이십니까?"

"네, 그렇습니다만."

"아 반갑습니다. 선배님, 저는 ○○학교 후배인데 이렇게 전화로
나마 만나게 되어 반갑습니다. 언제 만나면 소주라도 한잔 대접하고

싶습니다."

"그런데 저를 어떻게 아시는지, 혹시 만난 적이라도……."

"아니 선배님 말씀 낮추어서 하십시오, 고등학교 후배인데요."

"하지만 초면에 어떻게……."

그가 본색을 드러내는 데는 채 몇 분이 지나지 않아서였다. 고향 떠나 서울 온 지 얼마 되지 않았으며 현재는 모 잡지사의 영업부에서 일하고 있다는 자칭 후배. 요즘 사정이 어려우니 좀 도와달라는 반 강제성의 구독강매였다.

"아 그러세요, 그러면 다음에 다시 한 번 통화하시지요, 사실은 제가 좀 바빠서……."

정중하게 거절하려니 목소리는 꼬이고 발음은 새나갔다.

이제 전화기는 더 이상 그리움이 아니다. 반가운 소식이나 안부 심지어 연인들의 밀어까지도 SNS나 문자메시지로 주고받는다. 어쩌다가 전화기를 타고 흘러오는 목소리마저 건조하기 이를 데 없다. 하물며 사무실로 걸려온 삭막한 전화 목소리는 더 말해 뭐하겠는가.

그래도 전화 목소리가 무척 그리울 때가 있다.

진한 사투리가 여전한 P의 목소리가 그렇다. 나는 그를 통해 고향의 소식을 전해 듣고 내 소식 또한 P를 통해서만 친구들한테 전달된다. 초등학교 동창인 P는 내게 고향으로 향하는 통로와도 같은 존

천년완골

재이다. 그런데 어찌 된 일인지 요즘 통 전화를 하지 않는 것이다. 어쩌다 내가 먼저 전화해도 찬바람만 쌩쌩 불 뿐 온기라곤 전혀 느껴지지 않는다. 이제 더는 전화하기도 난처할 만큼 데면데면해진 관계가 벌써 몇 달째 지속되었다.

그러던 중, 지난 명절 끝에 기다리던 P의 전화를 받을 수 있었다.

전화기 너머에는 술기운이 가득했다. 술기운을 등에 업은 그가 대뜸 내 이름을 부르며 열변을 토했다. 요즘 경기가 좋지 않아 무척 힘들다는 이야기로부터 최근에 뇌수술을 받았다는 이야기까지 모두 금시초문이었다.

한참 동안 목청을 돋우던 그가 잠시 뜸을 들이더니 내게 무척 서운한 적이 있었노라고 토로했다. 뇌수술을 앞두고 의사인 내게 자문을 구하기 위해 전화했을 때라고 했다. 자기는 절박한 심정으로 전화 했는데 건성으로 듣고 대충 얼버무렸다고 했다. 수술을 마치고도 문병 오기를 기다렸는데 끝내 나타나지 않았다는 것이다.

그의 말을 듣다 보니 그때의 기억이 어렴풋이 떠올랐다. 바쁜 와중이라 깊은 대화를 나누지 못한 채 급하게 전화를 끊었고 곧바로 내가 전화했지만 이번엔 그가 바빠 서둘러 통화를 마무리해야 했다. 오래전부터 두통에 시달려 MRI 사진을 찍었는데 정밀검사를 위해 더 큰 병원으로 가야 할 것 같다고 했다. 대수롭지 않게 말하기에 심각성을 전혀 인식하지 못한 채 그냥 흘려들은 것이 화근이었던 것이다.

그리고 며칠이 지났다. 다시 그에게 전화를 한 나는 전에 통화한 내용은 새까맣게 잊어버리고 평소처럼 동창들의 안부를 물었다. 그런데 반응은 뜻밖이었다. 냉랭함이 깃든 목소리가 더없이 싸늘했다. 나는 좀 서운하긴 했지만 늘 바쁜 그의 일상을 생각하면 그리 놀랄 일도 아니었다. 그 뒤로도 한두 번 더 통화했던가? 그의 목소리는 갈수록 더 싸늘해졌고 영문을 알 수 없었던 나 역시 서운하기는 마찬가지였다.

＊

하지만 오늘 그의 목소리에는 비장함이 묻어있다.

얼마 전 갑작스러운 죽음을 맞이한 동창의 장례식장에도 나타나지 않은 나의 무심함까지 싸잡아 질타했다. 마치 선생님이 개구쟁이 초등학생을 꾸짖듯 부모님이 막내아들을 타이르는 투였다. 고향의 대소사에 빠지지 않고 참석하는 P는 친구들 사이에서도 신망이 두터운 편이다.

나는 잠시 어안이 벙벙했지만 가만히 듣고 있을 수밖에 없었다. 항상 내게 소식을 전해준 친구가 바로 너였는데 네가 연락하지 않아 문병도 문상도 가지 못했다는 말은 차마 할 수 없었다.

그렇게 상당한 시일이 흘렀지만 전화기 너머 그의 목소리는 여전히 내 마음을 옥죄이며 나를 질타하고 있다.

나는 며칠째 끙끙 앓고 있다.

천년완골
191

월드컵 베이비

월드컵 베이비. 2002년 한일 월드컵 축구 때 생긴 아이.

네이버 국어사전에 정식으로 등재된 단어이다. 2002년 한일 월드컵이 끝나고 그로부터 정확히 열 달 후 일시적인 베이비붐이 일어났던 사회현상을 반영한 신조어다. 월드컵 기간에 들뜬 마음으로 연인끼리 사랑을 나누었고, 그 사랑의 증표로 월드컵 다음 해인 2003년 봄의 출산율이 10% 이상 늘어난 것이다.

2006년 독일 월드컵 때도 미약하나마 출산율 상승이 있었고 새천년이 시작되는 2000년 초 역시 뉴밀레니엄 베이비의 효과로 매년 감소하던 출생률이 잠시 반전 상승하는 효과를 보이기도 했다.

남아공월드컵에서도 길거리 응원이 벌어지는 시청 앞 서울광장과 삼성동 봉은사 앞 등 주변 숙박시설이 일찌감치 예약이 마감되었다는 기사를 본 적이 있다. 은근히 또 한 번의 월드컵 베이비를 기대하는 눈치다.

요즘같이 출산율이 떨어지고 자연임신율이 떨어질 때 더군다나 사회의 커다란 이슈를 불러일으킬 만한 시기에 임신할 수 있다면 더없이 축복받은 일일 것이다. 진정한 사랑을 나눈 결실이라면 더더구나. 하지만 자녀 양육에 대한 아무런 계획도 없이 찾아온 임신이거나 무분별한 성생활의 달갑지 않은 결과라면 오히려 재앙이 될 수도 있다.

바캉스 베이비란 말이 유행한 때가 있었다. 여름 휴가철의 무분별한 행위로 휴가가 끝나고 나면 산부인과가 문전성시를 이루던 시기를 꼬집어 이른 말이다. 기찻길 옆 오막살이나 방음시설이 없는 대로변에 있는 집에 아이들이 많다는 이야기도 피임이 전혀 이루어지지 않던 시절의 우스갯소리일 뿐이다.

피임약이 개발된 지 올해로 50주년이 되었다. 실제로 피임약은 지난 반세기 동안 여성의 삶에 막대한 변화를 가져왔다. 피임약의 등장은 최근 100년 역사를 바꾼 10대 사건에 해당하기도 한다. 피임약이 등장한 이후 임신 시기를 조절할 수 있게 됨에 따라 여성들은 자신의 삶을 스스로 계획할 수 있게 되었다. 피임약은 원치 않는 임신을 감소시킴으로써 낙태 건수를 줄이고, 계획임신에 기여하고 있다. 또한 피임약의 등장으로 자유연애와 성도덕의 변화 등 이른바 성혁

명이 일어났다.

불과 얼마 전까지 혼전 순결을 생명처럼 간직하던 우리 사회가 이제는 마치 혼전 임신을 중요한 혼숫감처럼 여기는 시대로 변화한 것이다. 특히 최근 젊은이들 사이에서는 연애 따로 결혼 따로 하는 프리섹스를 주장하는 이들도 많다 하니 가히 성 모럴의 붕괴라고 말할 수 있을 것이다. 더군다나 몇 년 전부터 시판이 허용된 사후 피임약은 이런 성 모럴의 해체를 더욱 부채질하고 있다. 그런 연유로 도입 시부터 여러 논란거리가 없진 않았지만, 이제는 없어서는 안 되는 필수약품 정도로 자리 잡아가고 있다.

계속되는 출산율 감소로 바로 옆 산부인과가 문을 닫은 후 간혹 나도 사후 피임약 처방을 해주는 경우가 있다. 대부분 꼭 필요한 경우에 처방을 바라지만 무턱대고 처방전만 요구하는 경우도 더러 있다.

무더위가 기승을 부리던 지난여름, 젊은 여성의 당당한 모습이 뇌리에서 지워지지 않아 아직까지 씁쓸한 여운으로 남아 있다.

월드컵이 막바지에 무르익은 지난달의 일이다.

고등학생이거나 대학 초년생 정도 되어 보이는 앳된 모습의 여학생이 진료실 문을 열고 들어왔다. 이럴 때 나는 두 가지 질문만 한다.

마지막 생리가 언제였나? 시간이 얼마나 지났느냐?

나는 산부인과 의사가 아닌 데다가 젊은 여자들한테 이런 질문하기란 여간 조심스럽고 어려운 게 아니다. 나는 나지막한 목소리로 조심스럽게 질문했다.

내 문진이 끝나기도 전에 당돌하게 그녀가 대답했다.

"72시간 이내에 복용하면 되구요, 딱 한 번만……."

배란기나 임신 가능성은 잘 모르면서 사후 피임약의 복용법은 정확히 알고 있다니?

난 더는 질문을 계속 할 수 없었다. 하지만 생리가 끝난 지 며칠 되지 않았다는데 그 약을 처방해 줄 순 없었다. 가임기가 아니니 괜찮을 거라고 조심스럽게 타일렀다. 계속 미심쩍어하던 그녀의 마지막 질문은 단도직입적이었다.

"그럼 임신하면 책임지실 건가요?"

책임!! 내가…….

하는 수 없이 나는 다시 산부인과로 의뢰하였다.

가을이 저만치 문턱을 넘어 들어오고 있었다.

성형 공화국

바야흐로 성형 열풍이다.

한류와 더불어 지금 대한민국에는 성형 한류 바람이 불고 있다. 최근 동남아 등에서 우리나라의 성형수술 관련 프로그램이 폭발적인 인기를 끌면서 한국 아이돌을 닮고 싶어 하는 사람들이 크게 늘고 있다는 것이다. 꾸준히 증가하는 국내 수요와 더불어 한국의 성형수술은 전 세계 성형시장의 1/4을 차지할 정도이니 가히 성형공화국이라 할 만하다. 미스코리아 선발대회에 출전한 후보들 얼굴이 모두 비슷비슷하다며 성형수술 때문에 그런 것 같다고 주장한 외국 언론의 비아냥거림도 무리는 아닌 것 같다.

"공장서 물건 찍어내는 것 같았다."는 어느 성형외과 의사의 고백이 내게는 의술醫術은 상술商術이라는 말로 재해석 되어 들린다.

사정이 이러다 보니 성형외과 관련 의료사고도 빈번하게 발생하

고 있다. 특히 명절이나 방학 중에 성형외과가 문전성시를 이루고
의료사고 또한 이 시기에 집중적으로 발생한다고 한다.

이토록 많은 논란과 사고에도 불구하고 성형산업이 더 번성한 까
닭은 무엇일까. 위험을 무릅쓰고 성형수술에 매달리는 이유는 무엇
일까. 우리 사회는 왜 자꾸 외모지상주의를 부추기는 것일까.

> 줄무늬 고양이가 나를 핥고 있다
> 가슴 털 알레르기로 내 마음을 흔들어 놓더니
> 기어이 봄날을 견디지 못하고
> 사정없이 얼굴을 물어뜯는다
>
> 중략
>
> 철판 같은 외투가 벗겨지면서
> 적나라하게 드러나는 수치스런 알몸,
> 나는 진저리를 친다
> 그 중독의 냄새를 찾아 코를 킁킁거리는
> 저 플라스틱써전
> 줄무늬 고양
>
> — 김연종, 「줄무늬 고양이」 부분

성형수술을 풍자적으로 그려본 졸시지만 아름다워지고 싶은 인간

의 욕망은 끝이 없는 것 같다.

욕망 충족이란 자아실현의 욕구를 의미하는데 그중에서 신체적 자아는 부단한 노력 없이도 자아실현이 가능하다고 믿고 있다. 예컨 대 비싼 옷을 맞춰 입는다거나 큰 자동차를 탄다거나 성형수술을 함 으로써 말이다.

현대 사회로 접어들면서 외모만으로 사람을 판단하려는 경향이 더욱 심해졌다. 빠르게 변화하는 사회에서 강하게 어필하려면 첫 인 상이 매우 중요하다. 하지만 외모에 의존하려는 경향이 심해질수록 진솔한 대화나 신뢰를 추구하는 관계 맺기는 더욱 힘들다.

처음에는 외모에 관심을 보이던 친구들이 빈껍데기이고 치장일 뿐이라는 사실을 알고 나면, 속내를 드러낸다거나 속 깊은 이야기를 꺼릴 것이다.

그러면 다시 성형을 하고 옷을 바꿔 입고 차를 바꾸는 등 끊임없 이 다른 사람들의 관심을 유도한다.

화장은 그 향의 정도가 진해지고 노출은 수위를 넘어가지만 빈 수 레가 요란하듯이 공허감만 깊어진다. 쭉정이만 가득 찬 항아리는 소 리는 크지만 울림이 적고 깨어지기 쉽다. 상대방의 조그만 농담에도 쉽게 상처받고 진심 어린 충고에도 분노하고 또 금방 후회한다.

정신분석학자인 자크 라캉에 따르면 "인간은 타자의 욕망을 욕망 한다."고 했다.

언뜻 난해하게 느껴지는 이 말이 사회적 자아를 가장 잘 대변하는 말이다. 어렸을 때 공부를 열심히 해서 좋은 성적표를 받아 오면 부모님이 제일 먼저 기뻐한다. 그 모습을 본 아이는 더욱 열심히 공부하여 부모의 욕망 충족에 기여한다. 조금 더 자라면 친척이나 친구들의 부러움을 사기 위해 사춘기가 지나면서부터는 이성의 관심을 받기 위해 끊임없이 자기 발전을 추구한다. 마침내 성인이 되어 스펙을 쌓고 좋은 직장을 찾는 것도 남의 시선을 의식한 사회적 자아를 높이기 위한 행위이다.

심지어 배우자를 고를 때도 본인의 입장보다도 부모나 친구의 의견 등에 따르는 이유도 거기에 있다.

사회적 자아란 사회적 잣대 혹은 상대의 거울에 자신을 비춰봄으로써 형성되는 자아를 말한다. 상대방 혹은 사회가 나를 어떻게 평가할까? 다른 사람들의 눈에 비친 내 모습은 어떨까?

외모지상주의란 결국 신체적 자아만 좇다가 내면의 자아를 등한시한 결과가 아닐까.

로또벼락을 맞다

아직 내 손으로 직접 복권을 구입해본 적은 없다.

어차피 요행이란 불가능할뿐더러 대책 없이 인생 역전을 꿈꾸는 사람들을 보면 오히려 한심한 생각이 들기도 했으니까.

그런데 언제부턴가 내 진료실에도 복권이 한 장씩 놓이기 시작했다. 아직 사람 대하는 게 익숙지 않은 제약회사 신입사원이 천 원짜리 복권 한 장을 명함처럼 슬그머니 책상 위에 놓고 가는 것이다. 딱히 할 말이 없을 때 마치 담배 한 개비를 권하듯이.

나는 월요일이 되어서야 당첨번호를 확인하고 이제는 아무 쓸모가 없게 된 휴짓조각을 복권에 대한 희망과 함께 쓰레기통에 버리곤 했다.

그런데 그 천 원짜리 복권이 덜컥 5등에 당첨된 것이다. 당첨금 5천 원. 망설임 없이 복권 5장으로 바꿨다. 이제 희망과 설렘은 5배로 증가하였다. 그렇게 주말이 지나고 월요일 아침, 복권을 확인하는 순간 온몸에 소름이 돋았다.

또다시 5등!

복권에 당첨되는 것도 처음이지만 연속 당첨된 걸 보면 분명 행운의 계시임이 틀림없었다. 나는 처음으로 내 호주머니에서 기꺼이 5천 원을 보태 모두 만원으로 복권 10매를 구입했다. 6개씩 나열된 숫자가 10줄이 되니 꿈과 희망도 열 배로 커졌다. 분명 이전과는 다른 느낌이었다. 나는 흥분된 감정을 추스르고 인터넷을 뒤적이며 로또 1등일 경우 대처법과 수령 방법 등을 확인했다.

지금부터 로또 1등 당첨됐을 경우 대처방법에 관해 설명하겠다. 당첨확인은 토요일 저녁에는 하지 마라. 만약 진짜 1등이라면 월요일 아침까지 잠 못 잔다. 당첨금을 나눠주는 농협 본점은 서울역 뒤쪽에 있다. 서울역 앞에서 농협 본점까지 걸어서 20분 거리밖에 안 되지만 2시간처럼 느껴질 테니까 택시를 타고 가라. 택시를 탄 뒤 "서대문 경찰서로 가주세요."라고 말해라. 서대문 경찰서는 농협본점 바로 앞에 있기 때문이다. 경찰서 앞에 세워달라고 하고, 안으로 들어가는 척하다가 택시가 사라졌을 때 농협 본점으로 들어가면 된다.

옷차림도 중요하다. 남자인 경우 정장 바지에 구두를 신고, 와이셔츠에 넥타이를 매라. 농협 본점은 동네 농협처럼 은행에 예금하거나 공과금을 납부하기 위해 가는 곳이 아니므로 평범한 청바지에 반

소매 티를 입고 들어갈 경우 로또 1등 당첨자라는 것을 한눈에 눈치 챌 수 있다.

절대로 "로또 1등 당첨금 받으러 왔는데 어디로 가야 되나요?"라 고 묻지 말고 곧바로 5층으로 올라가라. 5층이 바로 복권사업팀 이다. 당첨 사실을 확인한 은행직원은 너에게 이런 질문을 할 것 이다. "당첨금을 어떻게 쓰실 생각입니까?" 그 이유는 농협에다 적 금 들으라고 권유하기 위해서다. 사채 빚 갚아야 한다고 딱 잘라 말 하면 농협측도 더는 할 말이 없어진다.

자, 이제 당장에라도 강남의 외제차 매장으로 가고 싶겠지만 그냥 중고차 매장으로 가라……

여기까지 읽다가 번쩍 정신을 차렸다.

하마터면 10년이 훨씬 넘은 내 자동차를 몰고 강남의 외제차 매장 으로 내달릴 뻔했으니까. 나는 정신을 가다듬고 진짜로 로또에 당첨 되면 과연 어떻게 행동할까 다시 생각해 보았다.

나는 가장 먼저 차를 바꿀 것이다. 행동지침에는 중고차 시장으로 가라고 했지만 덜덜거리는 차를 버리고 보란 듯이 새 차를 장만할 것이다. 여기저기 얽혀있는 빚을 청산하고 더 넓은 평수의 아파트로 이사할 것이다. 노후를 위해 서울근교에 자그마한 땅을 구입하고 텃 밭이 있는 근사한 집을 지을 것이다. 힘들게 사는 친지들에게 얼마 간의 위로금을 전달하고 친구들한테는 크게 한 턱 쏠 것이다. 나머지는 은행에 저축하여 노후를 대비하고, 그러고도 돈이 남으면 자선 단체에 기부하여 허명을 새겨 넣을까?

이런저런 행복한 상상을 하다가 복권에 당첨될 경우 남들은 무슨 생각을 할까 궁금해져 인터넷 검색을 계속했다.

거기에는 한결같이 자선단체에 기부한다거나, 어렵게 사는 친지를 위해 쓰겠다거나 부모의 병 치료를 위해 사용한다는 거였다. 몽땅 돈을 찾아 외국으로 튀겠다는 경우도 간혹 있었지만 대부분 자신보다는 남을 위해 쓰겠다는 것이었다. 물론 닥치지 않을 미래를 가정하여 맘껏 선심을 쓴 경우도 있겠지만.

드디어 월요일 아침, 나는 떨리는 가슴으로 숫자를 하나씩 맞추어 나갔다. 6개의 숫자가 오롯이 들어맞는 한 줄을 기대하면서. 하지만 꿈꾸었던 상상의 세계가 물거품이 되는데 단 몇 초도 걸리지 않았다. 60개나 되는 숫자는 당첨번호를 마치 약 올리듯 비켜 나갔다.

그 후로도 몇 번인가 책상 위에 복권이 놓였지만 더 이상 확인하기 싫었다. 공연한 상상을 하다가 쪼잔하고 이기적인 심성만 들킨 것 같아 뒤통수가 간지러웠다. 마치 벼락을 맞은 듯 삽시간에 무너져 내린 상상의 세계가 허전하기도 하고, 노력 없이 대가를 바랐던 마음에 자책이 들기도 했다. 이제 더는 복권이 놓이진 않지만 여전히 책상 한구석엔 당첨 날짜가 지난 복권 몇 장이 그대로 남아 있다. 당첨확률 제로에 가까우면서 욕심만 잔뜩 부풀려 놓은 저 욕망의 휴짓조각을 그냥 버리지 못하는 심리는 도대체 무엇일까.

시 읽는 즐거움 혹은 괴로움

아파트와 자동차와 주식이 대화의 주된 메뉴인 우리사회에서 여전히 시詩는 유효할까?

몸짱 얼짱이 대세이고 돈으로 행복까지 살 수 있다고 믿는 사회에서 아직도 시의 역할이 남아있을까?

시집은 이미 동네서점에선 자취를 감추었고 대형 서점에서도 사람들의 눈에 띄지 않는 모퉁이로 밀려난 지 오래되었다. 시집이란 그저 시인들끼리 돌려 읽는 문학 장르 아니던가!

시는 여백의 문학이요, 상상의 문학이다.

여백이란 채워지지 않고 비어있음을 말하는데 때로는 창조를 위한 사유의 공간이 되기도 한다. 우리가 흔히 빈곤한 상상력을 탓하지만 이것 또한 여백을 남겨두지 않고 꽉 채우기만 하려는 욕망의 결과이기도 하다. 어쩌면 여백은 근원적 결핍일지 모른다. 아무리 채우려 해도 채워지지 않는 그 무엇인가가 우리로 하여금 어디론가 떠나게 하고 무엇인가를 찾아 읽게 하는 원초적 힘이 아닐는지.

누군가는 시의 위기를 지적한다.

편리함에 길든 독자들이 TV나 영화, PC로 빠져나감으로 시를 읽는 사람들이 그만큼 줄어들었다는 말일 것이다.

하지만 시는 세상에 넘쳐나고 시인 또한 그 수를 헤아릴 수 없을 정도로 많은 게 사실이다. 기실 시의 위기를 말하는 것은 좋은 시를 쓰는 시인들이 그만큼 드물기 때문이기도 하다. 아름다운 음악이나 멋진 그림을 감상하고 나면 마음이 풍족해지듯 좋은 시를 읽는 것은 매우 행복한 체험이다. 반면에 이해하기 힘든 시를 보고 있노라면 오히려 더 가슴이 답답해지는 경우도 있다. 물론 시를 정확히 이해하기 위해서는 지적, 정서적 체험의 확장이 필요하다. 하지만 일반 독자 입장에서는 녹록지 않은 작업일 것이다. 이렇게 자꾸만 멀어져 가는 시를 가슴속에 간직하기 위해서는 시도 영화처럼 보여주어야 하는 게 아닌지 하는 생각마저 든다.

아직도 시가 유효한가? 라는 의문을 간직한 채 영화 〈詩〉를 보았다.

영화 속 주인공 미자(윤정희 분)는 치매 초기증상이 있는 노인이다. 간병인 노릇을 하며 어린 손자와 함께 근근이 살아가던 어느 날 그녀는 문화원 벽면에 붙어있는 "당신도 시를 쓸 수 있습니다."라는 포스터를 보게 된다. 소녀적 감성이 발동하여 시 강좌를 듣게 되는 그녀. 하지만 시를 쓰려는 순간부터 내면의 갈등과 삶의 모순에 휩싸이게 된다. 조용하고 평화롭게 살아가던 중소 도시에서 발생한 의문의 죽음에 자신의 손자가 깊숙이 관여되어 있다는 사실을 알게 된 것이다. 한 소녀를 죽음으로 내몰고도 전혀 죄의식 없이 떠돌아다니는 무리들 중에 손자가 섞여 있다는 사실에 그녀는 분노하고 좌절한다. 지극히 현실적인 방법으로 손자의 죄 값을 치르고도 마음속 깊이 남아있는 죄의식으로 그녀는 오열한다. 좀처럼 마음의 평온을 찾지 못하던 그녀는 시 쓰는 행위를 통해 조금씩 내면의 고통을 치유해 나간다.

손자로 하여금 정갈하게 목욕하게 하고 손발톱을 깎아주면서 그녀는 이렇게 말한다.

"사람은 언제나 몸을 깨끗이 해야 해. 몸을 깨끗이 해야 마음이 깨끗한 거야."

몸과 마음이 따로 일수 없듯 삶과 죽음이 결국 하나라는 사실을 깨달은 그녀가 죽은 소녀에게 한 편의 시를 써서 바친다.

> 그곳은 어떤가요
> 얼마나 적막하나요
> 저녁이면 여전히 노을이 지고

숲으로 가는 새들의 노랫소리 들리나요

차마 부치지 못한 편지

당신이 받아볼 수 있나요

하지 못한 고백 전할 수 있나요

시간은 흐르고 장미는 시들까요

－「아네스의 노래」 중에서

시는 고요한 강물이 되어 소녀의 몸속으로 흘러간다. 한 송이 장미가 되어 미자의 몸속에서 절절하게 피어난다. 마침내 평온을 되찾고 여백을 지키는 노래가 되어 강물 위에 유유히 떠다닌다. 나는 영화를 보면서 때론 한 편의 시가 내면의 고통을 다스리고 지친 영혼을 구원할 수도 있겠다는 생각이 들었다.

시와 시인이 동일하듯 삶과 사랑과 사람은 하나이니까.

춘당춘색고금동 春塘春色古今同

화창한 봄날에 맞춰 근사하게 차려입은 노신사가 진료실에 들어섰다. 몇 년째 중증 치매환자인 할머니를 병간호하며 지내는 분이었다. 요양병원에서 할머니와 함께 숙식하며 지내는 노인은 병수발에 지쳐 관절염이나 신경통이 도지면 진찰실에 들르곤 하였는데 저렇게 화사하게 차려입은 모습은 처음 보았다. 의식이 온전치 못한 치매 환자를 혼자서 감당하기엔 버거울 텐데 노인은 전혀 지친 기색이 없다.

기껏해야 한 달에 한 번 들를까 말까 하는 자식들에게는 서운한 내색 한 번 하지 않았다고 한다. 온종일 할머니 곁에 붙어 똥오줌을 다 받아 내야 하는데 자식들이 어떻게 그 일을 감당할 수 있겠냐며 손사래를 치기도 했다.

지금까지 속 한 번 썩이지 않고 먹고사는 일에 충실한 자식들이 오히려 대견하다는 것이다.

할머니가 돌아가시기 전까지는 어차피 자신이 병수발을 해야 하고 그러기 위해서는 더 건강하게 오래 살아야 한다며 건강 체크도 스스로 하고 본인의 혈압약도 빠지지 않고 챙기는 분이었다.

노인은 그 날 처방받아야 할 약 목록이나 특이한 증상을 미리 종이에 써 가지고 왔다. 젊었을 때 공무원 생활을 오래 한 경력 때문인지 필체가 하늘을 날아갈 듯 힘이 있고, 특히 한자나 사자성어에 해박했다.

치매 예방을 위해서는 한자 공부를 많이 하는 게 도움이 된다며 열심히 옥편을 찾고 틈이 날 때마다 책을 찾아 읽는다는 노인은 나와 대면할 때마다 슬그머니 사자성어 등을 써 보이며 내게 묻곤 했다. 나는 모르는 한자가 나오면 재빨리 진료 화면을 접고 인터넷 검색을 하면서 진즉부터 알고 있는 듯이 대답을 하기도 했다. 그러면 다음에는 더 어려운 한자를 들고 와서 나를 더욱 곤혹스럽게 만드는 것이다.

온종일 할머니 곁에서 병간호해야 하는 생활이 결코 쉽지 않을 텐데도 늘 밝은 모습의 노인이 존경스러웠다. 하지만 요즘처럼 꽃이 만발한 화창한 봄날에는 좀 애처롭다는 생각이 들기도 했다. 키도 훤칠하고 가끔 향수까지 뿌리고 다니는 노인은 젊었을 때는 바람둥이였다고 얼핏 들은 적이 있지만 직접 물어볼 수는 없었다.

젊었을 땐 희망을 먹고 살고 늙어서는 추억을 먹고 산다고 하는데 젊은 시절의 추억만으로 저렇게 한시도 할머니 곁을 떠나지 않는 것일까?

진심으로 할머니가 회복된다고 믿고 있을까, 그래서 둘이 함께 봄볕을 쬐면서 감회에 젖어들기를 바랄까? 아니면 할머니를 잠깐 팽개쳐두고 잠시라도 봄볕을 향유하며 그동안 목말랐던 사랑의 갈증을 축이고 싶을까?

말끔하게 옷을 입는 노인은 꼿꼿한 자세로 그날그날 할머니의 상태를 꼭 내게 전해 주었다.그래서 한 번도 할머니를 만난 적이 없었음에도 마치 할머니의 모습을 본 것처럼 훤했다.

언제나 맞장구를 쳤지만 나는 알고 있었다. 노인은 날마다 조금씩 병이 좋아진다고 말하지만 사실은 조금씩 병이 깊어진다는 사실을.

마치 진료의 마지막 절차인 것처럼 부스럭거리며 종이를 꺼내는 노인에게 오늘은 내가 먼저 선수를 쳤다.

춘당춘색고금동春塘春色古今同 정원에 봄이 오니 봄의 색깔이 예나 지금이나 똑같습니다.

평소 하고 싶었던 질문을 우회적으로 접근한 것이다.

노인은 한참 동안 허공을 응시하는가 싶더니 눈을 지그시 감았다. 그렇게 한동안 어색한 침묵이 흐르고 난 후, 갑자기 내게 볼펜을 달라고 했다.

노인의 답은 네 글자였다.

수즉다욕壽則多辱 오래 살면 욕된 일이 많다

결국, 하고 싶은 질문을 하지 못했다. 오늘도 잘 배웠습니다. 나는 속으로만 가만히 말했다.

6부

으악새 슬피 우니 가을인가요

고향하늘 고향생각

고향을 생각하는 마음은 사람마다 차이가 있다.

고향을 지척에 두고도 평생 찾지 못한 실향민이 있고 고향 떠난 지 수십 년이 지나도록 고향을 잊지 못하고 향수병에 들어 사는 사람이 있는가 하면 고향을 애써 외면하면서 살아가는 사람도 있다. 또한 끝까지 고향을 지키면서 살아가는 고향지킴이가 있다.

어떤 이는 고향을 피붙이에 비유하고 또 어떤 이는 고향을 첫사랑에 비유하기도 한다.

늘 가까이 지내면서도 소중함을 잊고 살고 또 아무리 잊으려고 몸부림쳐도 또렷이 기억나는 첫사랑의 아픔 같은 것이 거기 있다는 얘기일 게다.

그렇다. 타향살이를 해본 사람이라면 누구에게나 고향은 첫사랑의 연인과도 같이 애증이 교차하는 부분이 있다. 더군다나 사랑하는 사람으로부터 일방적인 결별을 통고받은 경우라면 그 상실감은 더욱 클 것이다.

나도 그랬다. 어렸을 적 내가 살았던 고래등 같은 기와집이 남의 손에 넘어갔을 때, 아버지의 새벽 기침 소리는 더욱 커져갔고 결국 아버지를 따라서 어머니마저 마지막 가시던 날 어머니와 함께 고향도 내게서 떠나갔으므로 다시는 고향을 찾지 않으리라 아니 고향을 완전히 잊으리라 다짐했다.

어렸을 적 우리 집은 친구들이 부러워할 만큼 부자였고 좋은 환경에 집안 분위기도 좋았다. 아버지는 많이 배우지는 못했지만, 매사에 상당한 식견을 갖추셨고 무엇보다도 유머와 여유를 아시는 분이셨다. 어머니는 빼어난 미모와 더불어 정숙하고 조용하며 머리가 비상하여 늘 남보다 앞서 신기술과 새로운 경작법 등을 도입한 관내에서 인정받는 여류 영농선구자였다.

가세가 기울기시작한건 내가 고등학교에 다닐 무렵부터이다. 연이은 사업 실패에 아버지의 병은 깊어졌고 집안이 빚더미에 올라앉고서 모든 집안일을 도맡았던 어머니는 더 이상 힘이 부치셨든지 당신에게 그토록 가혹했던 삶의 질서를 놓아두고 술에 의존하기 시작했다.

장성한 형제들은 집시처럼 뿔뿔이 각자의 살길을 찾아 떠나갔고 저승사자 같은 집달리가 허접스러운 세간에 차압을 부치면서 집안 분위기는 삽시간에 유령의 집으로 변했다. 저승 방명록 같은 빨간 딱지를 쌀독에 붙치면 저녁거리가 떨어져도 쌀 한 톨 빼내지 못하고 장롱에 붙치면 어머니의 패물까지도 마음대로 어쩌지 못하는 것이다.

항아리처럼 움푹 팬 내 마음의 상처는 더욱 깊어져 갔고 결국 마음뿐 아니라 몸까지 깊이 병들었다. 나는 온통 상처투성이의 산 짐승처럼 길길이 날뛰었다. 길들지 않은 가난은 더욱 처절한 고통일 뿐이었다.

집안 대대로 부유하고 자식들이 머리가 좋다고 선망하며 은근히 시기와 질투를 보였던 시골 아낙네들마저 혀를 끌끌 차며 측은하고 가엾게 여겼다. 결국 빚쟁이들이 자주 문간에 서성이고 이제 더는 우리 집이 아닌 유령의 집과의 이별을 나 또한 서서히 준비하고 있었다.

강원도로 첫 발령을 받았을 때 나는 미련 없이 고향과의 영원한 결별을 다짐했다.

주저 없이 찾아 나선 이역만리 강원도 땅, 안개 낀 대관령과 7번 국도 방어벽 아래의 삼팔선 휴게소, 이북 사투리를 닮은 강원도 사투리, 내게는 너무 낯선 환경들이 오히려 기시감처럼 편안하고 아늑하게 다가왔다. 고향 떠나선 처음 살아본 천리타향 속초, 주문진 넓은 바다와 순박한 어촌마을의 풋풋한 인심들, 이 모든 게 깊은 상실감에 몸부림치고 있는 내 마음을 달래고 보듬어 주었다.

그랬다. 나한테 그곳은 이미 제2의 고향이 되어 있었다.

그리고 내게 마음의 안식을 주었던 3여 년의 강원도 시절, 하지만 난 새로운 삶의 터전을 찾아 무작정 상경하는 시골처녀처럼 또다시 고향을 뒤로한 채 물설고 낯설은 서울로 이사해야 했다.

그동안 나는 고향을 잊으려고 무던히 노력했다. 명절날은 애써 기피했고 간혹 날아오는 고향 소식에도 냉담했다. 하지만 그리 오래가지 못했다. 피할수록 외면할수록 고향은 내 가슴속 깊이 더 크게 자리 잡아 가고 있었다. 하는 수 없이 난 나와의 약속을 저버렸다.

다시 찾은 고향 하늘, 내 마음만 변했지 고향은 그대로였다. 고향 하늘도 고향 마을도 변하지 않고 그대로 거기 있었다. 내가 나고 자라고 성장한 곳, 때론 고민하고 번민하며 깊은 사색에 잠겼던 곳, 30여 년 순정과 젊음을 온통 바쳤던 곳, 그 기운이 고스란히 거기에 배어 있었다. 이제 고향 떠난 지 이십 여 년, 누군가 그랬던가! 타향도 정이 들면 고향이라고. 고향은 마음에 품고 사는 것이지 드러내고 사는 것은 아니라고.

이제 이곳 서울 생활에 막 정이 들기 시작하자 더더욱 그리워지는 고향 소식에 오늘도 고향 하늘은 내 가슴으로 조용히 스며든다.

할아버지와 천자문

나는 다섯 살 때 천자문을 독파한 천재였다.

그건 순전히 할아버지 덕분이었다. 할아버지는 긴 도포 차림에 흰 수염을 길렀다. 한자와 서예 풍수지리에 해박했고 날마다 먹을 갈아 붓글씨를 썼다. 사주나 작명에도 조예가 깊었던지 제법 멀리서도 사람들이 찾아오곤 했다. 그래서 우리 집 사랑방에는 늘 손님이 끊이지 않았다. 그들은 한 사람씩 돌아가며 시조를 읊조리기도 하고 고사성어 등을 빗대어 시국을 진단하기도 했다.

어린 나는 할아버지 무릎에 앉아 수염을 만지작거리며 귀에 익은 시조를 따라 하곤 했는데 그 모습이 기특했던지 다섯 살 나던 해, 할아버지는 내게 천자문을 가르쳐주었다. 난 곧잘 따라서 했다. 그러기를 한 달여. 할아버지는 사랑방에 가득한 손님들 앞에서 천자문을 외우게 하였다.

하늘 천 따지 검을 현 누루 황 집 우 집 주…….

아마 두세 장은 막힘없이 외웠던 것 같다. 더 이상은 시키지도 않았다. 소문은 삽시간에 온 동네에 퍼져 나는 영락없이 다섯 살 때 천자문을 뗀 천재? 가 되었다. 그 덕택인지 여섯 살에 초등학교에 입학하였고 그럭저럭 무난하게 학교 공부를 따라갈 수 있었다. 할아버지는 내가 초등학교를 졸업할 무렵 돌아가셨다. 천자문에 얽힌 추억은 할아버지와 함께 자연스레 잊혀졌다.

간혹 고향 친지 분들이 아직도 천자문을 기억하느냐고 질문할 때면 나는 머쓱한 표정으로 얼버무리고 만다. 끝까지 배우지도 않았고 무슨 뜻인지도 모른 채 읊조렸던 천자문을 전혀 모른다고 대답하자니 왠지 할아버지께 미안하다는 생각이 들어서다. 전깃불도 들어오지 않고 변변한 만화책조차 없고 더구나 유치원은 생각할 수도 없던 깡촌에서 할아버지와 천자문은 가난한 마음에 커다란 자긍심을 심어 주었다.

천자문에 대한 이야기는 그 이름만큼이나 다양한데 우리에게 널리 알려진 것은 조선시대 한석봉이 이름난 필치로 쓴 것이다. 천자문은 또한 백수문이라고도 하는데 그에 따른 일화도 재미있다.

옛날 중국에 유명한 학자가 있었는데 중죄를 짓게 되었다. 왕은 그에게 하룻밤 동안 천 개의 서로 다른 글자로 된 사자성어 250개를 만들면 살려준다고 했다. 그래서 하룻밤 만에 그것을 모두 만들었다. 다 만들고 나니 머리가 하얗게 세서 白首文이라 불린다고 한다. 또 옛날 서당에서 책거리할 때 천자문을 걸어 놓으면 남은 여백에 백 명의 서생이 사인을 하고 훈장 선생님이 덕담을 베풀었다고 하여 百數文이라고도 전해진다.

이렇듯 천자문은 학문으로 나아가는 입문서 역할을 톡톡히 했지만 요즘에도 천자문을 배우려는 사람들이 있을까. 거리의 간판도 의미를 알 수 없는 외국어로 도배되어 있고 걸그룹의 노래에도 필수과목처럼 영어가 끼어있는 이상스런 글로벌 시대에 말이다. 인터넷과 스마트폰이 사람들의 혼을 빼앗아 간 지 오래인 지금, 천자문은 정보화 시대를 역행하는 모습처럼 비치기도 한다.

얼마 전 인터넷에서 강남 유치원 오 모 군의 하루라는 시간표를 본 적이 있다. 아침 7시부터 저녁 10시까지 빽빽하게 짜여있는 시간표를 보니 숨이 꽉 막힐 지경이었다. 동화 읽기에 영어 구연, 피아노 학원, 수학학원에 이어 축구교실까지.

유치원생이 어떻게 저런 시간을 버티는지 신기하기도 하고 도대체 그 부모는 무슨 심정으로 그런 시간표를 작성한 것일까. 그저 황당하기만 했다. 다소 과장되었겠지만 만약 그게 사실이라면 땅을 칠일이다. 내가 더욱 답답하게 느꼈던 것은 모든 스케줄을 엄마와 함께 소화해야 한다는 사실이다. 무릎에 앉아 수염을 만지는 손자를 가르쳤던 할아버지가 끼어들 틈은 그 어디에도 보이지 않았기 때문이다.

그 날 오후, 유치원 아이의 시간표처럼 답답한 마음으로 퇴근하던 차에 아파트 입구에서 반가운 포스터를 발견했다. 아파트 노인정에서 초등학생을 대상으로 서예와 한자를 가르친다는 벽보였다.

유치원에서도 영어와 수학을 가르치는 판에 천자문을 배우려는 초등학생이 과연 있을까. 강남이 아니라서 가능한 일일까. 그러다 문득 방학 중인 데다 무료 강좌라서 학생들이 몰릴지도 모른다는 생각이 들었다. 게다가 학원이 아니라 서당을 쏙 **빼닮은** 노인정이라면.

하늘천따지가마솥에누룽지빡빡긁어서아빠한입엄마한입…….

머지않아 이런 반가운 외침이 매미울음소리와 더불어 아파트 곳곳에서 울려 퍼질지도 모르겠다.

나무 이파리에서 비데까지

요즘 들어 출퇴근길이 행복해졌다.

차창 밖에서 진하게 풍겨오는 아카시아 향이 코끝을 자극하기 때문이다. 아카시아는 그 독특한 향기 탓에 밤꽃과 더불어 꿀벌들이 가장 많이 찾는다.

어렸을 적 시골마을 초입에는 오래된 아카시아나무가 있었다. 그 나무 아래에서 가위바위보로 아카시아 이파리 따먹기 놀이하면서 한여름을 다 보냈던 그 시절이 그리워진다.

아카시아와 더불어 유년의 향수를 자극하는 또 하나의 추억이 있다. 바로 개똥참외다. 그 야생의 참외는 길모퉁이나 밭두렁 할 것 없이 아무 곳에서나 들풀과 섞여 끈질긴 생명력을 발휘하며 열매를 맺어내는 잡초 같은 근성을 지녔다. 그중에는 노랗고 탐스럽게 익어서 아이들을 즐겁게 해주기도 하지만 대개는 끝까지 푸른색으로 남아 운명을 다 하고 만다. 그도 그럴 것이 참외를 먹고 난 아이들이 볼일을 보거나 뒤따라온 강아지가 잠깐 실례를 한 그 자리에 운명적으로 탄생한 태생적 한계 때문일 것이다.

초등학교 시절 여름방학이 시작되면 산과 들을 놀이터 삼아 천둥벌거숭이로 뛰어다녔다. 날씨가 더워지면 개울에서 미역 감고 원두막에서 낮잠 자다가 석양이 짙어지면 집으로 가는 게 일과였다.

그 날도 온종일 원두막에서 수박과 참외로 허기진 배를 채우다가 해가 어스름해질 무렵 종종걸음으로 집으로 돌아가는 길이었다. 갑자기 볼일이 급해진 나는 주위를 두리번거리다 야산의 으슥한 빈터에 자리를 잡았다. 시원한 기분도 잠시 나는 또 다른 난관에 봉착했다. 뒤처리를 할 아무것도 지닌 것이 없었던 것이다. 막막하게 앉아있는데 매끄러운 표면의 맹감나무 이파리가 구세주처럼 눈에 들어왔다. 으악. 이파리를 따서 일 처리를 한 순간 난 거의 기절할 듯 비명을 지르고야 말았다. 이파리 뒤에 붙어있는 쐐기 한 마리!

그 후로 한동안 나는 변비에 시달려야 했다.

당시 시골집의 화장실도 열악하기는 마찬가지였다. 화장실과 처가는 멀리 떨어질수록 좋다고 했던가? 그래서인지 사랑채 뒤편으로 밀려나 측간이라 불리던 화장실은 경계가 불분명할 뿐더러 문짝은 아귀가 맞지 않아 굳게 닫히는 법이 없었다. 그러므로 아무리 볼일이 급해도 곧바로 문을 열지 않고 헛기침으로 확인한 후에야 가만히 문을 열어야 했고 어쩌다 밤중에 볼일이 급해지면 잠자는 누나를 깨워 밖에 보초를 세우고 나서야 비로소 안심할 수 있었다. 게다가 요즘 같은 화장지는 꿈도 꿀 수 없던 시절이고 보니 대신 헌책이나 신문지 철지난 일력 등을 4등분 하여 노끈으로 매달아 놓고 한 장씩 떼어서 사용했는데 흰색 팬티라도 입을 경우엔 까맣고 선명한 인쇄 활자가 무늬 아닌 무늬를 만들기도 했다. 수세식 화장실과 두루마리 화장지가 보편화한 것은 그 후로도 한참이 지나고서였으니 대부분 이런 기억에서 자유롭지 못할 것이다.

좌변기가 처음 등장했을 때 웃지 못할 일화도 있다. 당시 대통령 선출을 위해 체육관 선거를 하던 시절, 시골 출신 의원님들의 이야기이다. 서울의 유명호텔에서 처음 본 좌변기를 사용할 줄 몰라 좌변기 위에 쪼그리고 앉아서 일을 보았다니 그때 밑에서 튀어 오르는 물줄기는 어떻게 처리하였는지 생각만 해도 우습다.

몇 해 전 가족과 함께 중국여행을 한 적이 있다. 소주, 항주 등 고도古都를 여행하기 위해 우리는 먼저 상해에 숙소를 정했다. 화려한 상해의 거리와는 달리 도심에서 조금만 벗어나면 7, 80년대 우리 사회를 보는 듯 낙후된 농촌 현실을 볼 수 있었다. 거대한 중국은 두 시대가 공존하는 사회 같았다.

비포장도로를 달리는 버스는 영락없이 어렸을 적 뿌연 먼지를 일으키며 신작로를 질주하던 버스 그대로였다. 석유냄새 진동하던 털털거리는 시골버스 말이다.

버스 터미널에서 화장실에 들렀다가 다시 한 번 깜짝 놀랐다. 어디가 앞이고 어디가 뒤인지 모르는 화장실에 쭈그리고 앉아 아래를 내려다보니 화장실 변기의 앞뒤가 연결된 게 아닌가! 황당하기도 하고 불편하기 짝이 없는 화장실이었지만 나야 옛날 생각 하면서 그럭저럭 일을 볼 수 있었다. 하지만 비데에 길든 애들은 발만 동동 구르고 말았다.

이제 화장실의 풍경은 달라졌다. 화장실은 인류가 태어난 순간부터 시작되어 인류의 발전과 더불어 진화를 거듭하고 있다. 우리나라에도 재래식 화장실이 사라졌고 수세식 화장실에 이어 비데가 생활 깊숙이 자리 잡아가고 있다. 이렇듯 편리함에 길든 세상에서 옛날의 추억을 풍경으로 간직하기엔 세상은 너무 빠르게 변화한다.

나무 이파리부터 비데까지.

이제는 까마득히 먼 옛날이야기로 기억 속에서마저 가물거리지만, 우리가 살아온 그대로의 모습이리라.

올여름 휴가 땐 개똥참외라도 볼 수 있었으면…….

수레 이야기

몸집이 작고 거무튀튀한 수레가 있었다. 수레는 당차고 야무져서 어디든지 잘 굴러갔다.

신작로는 물론이요, 조그만 오솔길, 논두렁 밭이랑 사이까지 잘 굴러다녔다. 수레는 별명도 참 많았다.

"손수레, 리어카, 천재소녀, 김수재……."

본명은 김수례, 그녀는 키가 작고 얼굴이 검은 편이었다.

그녀의 아버지는 시골 우체국의 우편 배달부였다. 빨간 우편함을 어깨에 메고 빨간 자전거를 타고 다녔다. 온종일 우편배달을 마치고 나서 마지막 우체통이 있는 우리 동네에 오면 일터에서 새참을 들고 계시는 동네 아저씨들과 술을 드시기도 했다. 그때마다 딸 자랑을 많이 하였다. 나는 그때 아버지가 그녀의 아버지에게 술을 따라주던 모습을 자주 보았다.

그녀는 얼굴이 그다지 예쁘지는 않았지만 늘 단정히 옷을 입었고 언제나 그 손에는 책들이 들려있었다. 그녀는 6년 내내 한 번도 전교 1등을 놓치지 않은 천재소녀였다. 선생님이 고민하는 수학 문제를 척척 풀어 우리를 놀라게 하기도 하였고, 고전 읽기 토론회 등에서도 그 당시 우리들이 잘 모르는 시사문제나 우리의 관심을 끄는 위인전 등을 미리 읽고 나서 그 내용을 전해 주기도 했다. 우리는 그녀에게 주눅이 들 정도였다. 그 당시 내 목표는 그 수레를 단 한 번이라도 앞서 보는 것이었다. 하지만 그 목표는 번번이 빗나갔다. 그녀를 이긴다는 것이 애당초 불가능하다고 깨달을 무렵 마지막 기회가 왔다. 중학교 진학을 앞두고 배치고사 성격으로 치러진 군 단위 학력경시대회가 그것이었다. 읍내 다른 학교 선생님들이 시험 감독으로 들어오고 시험문제도 전국적으로 똑같이 정자체로 인쇄되어 있어 시험 분위기는 이전과는 확연히 달랐다. 한 줄은 책상에서 그리고 또 한 줄은 교실 바닥에서 시험을 치렀다.

그녀처럼 키가 작았던 나는 교탁 아래 맨 앞줄 문 쪽 바닥에서 시험을 치렀다. 한참을 시험에 몰두하고 있을 무렵, 갑자기 수레가 손을 들고 일어나서 화장실에 가겠다는 것이었다. 갑작스러운 그녀의 행동에 시험 감독관도 어리둥절하고 있을 때 아이들이 그녀가 전교

1등이라고 말하자 조심스레 다녀오라고 허락했다. 그런데 갑자기 또 그녀가 교실 바닥에서 시험을 치르고 있는 내 시험지를 가리키며 저 시험지를 덮어야만 화장실에 가겠다는 것이 아닌가. 또다시 어리둥절해 하는 감독관한테 반 친구들이 내가 그녀의 라이벌이라고 말하자 고개를 끄덕였다.

일등만의 자존심인가 아니면 천재 소녀의 자만일까, 그것도 아니면 그녀도 나를 자기의 진짜 라이벌로 의식했던 것일까? 나는 시험지를 덮으면서 묘한 기분이 들었지만 기분이 그렇게 나쁘지만은 않았다. 그녀를 이겨 보겠다는 마지막 기대마저 보기 좋게 빗나간 뒤 나는 읍내 중학교 진학의 꿈에 부풀어 그 일은 까맣게 잊고 지냈다.

여름 내내 우리가 손수 김을 매고 송이마다 봉지를 씌워 주었던 학교 담장의 머루포도는 유달리 검은 빛을 더 했다. 그리고 그 포도의 단맛이 사라질 무렵, 상급학교 진학 예정 명단이 발표되었다 그러나 그녀의 이름은 그 어디에도 없었다. 드디어 중학교 배정을 위해 은행알 추첨을 하던 날, 그녀는 끝내 학교에 나타나지 않았다. 서울로 올라가 공장에 다니면서 직접 돈을 벌어 야간학교에 다닐 거란 것이었다. 그제야 그녀의 아버지가 몸이 아파 더는 우편배달을 할 수 없게 되었다는 말을 아버지한테 얼핏 들은 기억이 났다.

나는 중학교에 다니면서 간혹 이해가 힘들 거나 어려운 문제가 나올 때면 명민한 그녀가 이 문제를 보면 어떨까 하는 생각을 하곤 했다. 하지만 그 후로 한 번도 그녀를 본 적이 없다. 초등학교 졸업 후 곧바로 공장에 취직하여 돈을 벌면서 야간 학교에 다녔고 이후 동대문에서 안경점을 하고 있다는 말을 들은 적이 있다. 그때도 그녀는 늘 책을 가까이 한다고 했다.

그리고 30년이 훨씬 더 지났다. 초등학교 친구 빙모상에서 우연히 그녀에 대한 이야기가 나왔다. 그녀의 먼 친척뻘 되는 친구가 그녀의 전화번호를 알고 있었다. 나는 그가 가르쳐 준 대로 버튼을 눌렀다. 굵직한 남자의 목소리가 들려왔다. 나는 주춤하였지만 목소리를 가다듬고 김수례 씨 전화가 맞는지 다시 물었다. 다시 굵직한 바리톤 음이 들려왔다. "아, 엄마요? 엄만 지금 서재에 계시는데요." 그리고 잠시 후 중년 여자의 목소리가 들렸다. 나는 먼저 내가 누구인지를 밝히고 혹여 나를 기억하지 못하면 어쩔까 노심초사 하였다. 다행히 그녀는 나를 기억하고 있었다. 하지만 나는 그녀의 목소리를 정확히 알 수가 없었다. 나는 조심스레 다시 물었다.

"너 수례 맞니?"
한참 만에 그녀가 말했다.
"그래 맞아. 근데 너 키 많이 컸니?"
나는 아무 대답도 하지 않는 채 그녀에게 다시 물었다.
"수례는 잘 굴러가니?"
내 목소리는 약간 떨리고 있었다.

삶은 계란

삶은 계란은 유년의 추억 보관함이다.

실종된 추억의 길을 찾아 떠나면 반드시 맞닥뜨리는 동네 어귀의 잡화상이다. 파란 양철대문의 골목을 따라 집안에 들어서면 마당에서 꼬리를 흔들어 대는 누렁이와 텃밭에서 무리를 지어 모이를 찾고 있는 병아리들이 눈에 들어온다. 바로 그 곁에서 목청을 돋워 홰를 치고 있는 암탉의 뒤를 따라가다 보면 유실물 보관함처럼 계란들이 놓여 있다. 보물처럼 숨겨진 그 계란 하나를 꺼내 위아래에 바늘로 구멍을 내어 빨대처럼 빨아먹고 살그머니 자리를 뜬다.

훔쳐 먹는 계란은 더운 날 아이스께끼와 더불어 그 시절 최고의 로망이었다. 그래서일까, 어렸을 적 꿈이 병아리 감별사인 적이 있었다. 아버지의 꿈인지 내 꿈인지 헷갈리지만, 어느샌가 사라져버린 그 꿈처럼 가벼워진 계란을, 아버지는 눈짐작만으로도 골라냈다. 너무도 빤한 범인까지 함께 찾아냈을 테지만 가벼운 계란만 골라낸 것이다.

아버지가 3대 장손인 우리 집은 제사가 많았다. 제삿날은 음식을 배불리 먹을 수 있고 친척들을 만날 수 있어서 즐거웠지만 '가난한 집 제삿날 돌아오듯 한다.'는 옛말처럼 일 년이면 몇 차례나 제수음식을 준비해야했던 어머니의 등골은 그래서 더욱 휘었을 것이다.

당시 나에게 최고의 제사음식은 단연 삶은 계란이었다. 잠 오는 눈을 비벼가며 제사가 끝나기를 기다렸다가 기어이 삶은 계란 하나를 얻어들었을 때의 그 기쁨이라니! 온기가 남아있는 삶은 계란을 암탉처럼 품 안에 품고 잠자리에 들곤 했다. 집에서 기르는 닭이 낳아준 삶은 계란은 마음껏 먹고 싶은 동경의 대상인 동시에 내 유년의 금지목록이기도 했다.

기차여행에서 빠질 수 없는 간식이 삶은 계란이요, 학창시절 도시락 한 가운데 자리 잡은 계란 프라이는 단연 인기 최고였다. 그 당시 소풍에서 삶은 계란과 사이다는 명품과 명품의 조합이었다. 계란이 빠진 라면을 생각이나 하겠는가? 술 먹은 다음 날 숙취 제거에도 어김없이 등장하는 음식 역시 계란해장국이다.

이렇듯 우리 삶 속에 깊숙이 자리 잡았지만 대량생산된 계란은 이제 더는 추억이 되지 못한다. 틱낫한은 명상집 『화.anger』를 통해 불행한 닭의 슬픈 현실을 적나라하게 보여 주고 있다.

요즘에는 닭이 최신 시설을 갖춘 대규모 농장에서 사육된다. 닭이 걸을 수도 없고 뛸 수도 없고 흙 속에서 먹이를 찾아 먹지도 못 하고 순전히 사람이 주는 모이만을 먹고 자란다.

늘 비좁은 우리에 갇혀있기 때문에 전혀 움직일 수 도 없고 밤이나 낮이나 늘 서 있어야 한다. 걷거나 뛸 자유가 없는 상태를 상상해보라. 밤낮없이 한곳에서 꼼짝도 못 하고 지내야 하는 상태를 상상해보라. 틀림없이 미쳐버릴 것이다. 그러므로 그렇게 사는 닭들도 당연히 미쳐버린다.

닭이 알을 더 많이 낳게 하려고 농부는 인공적으로 밤과 낮을 만들어낸다. 조명등을 이용해서 낮과 밤을 짧게 만들면 닭은 그새 24시간이 지난 것으로 믿고 또다시 알을 낳는다. 그런 악순환을 반복하는 사이 닭은 엄청난 화와 고통을 안게 된다. 닭은 화와 고통을 다른 닭을 공격함으로써 표현한다. 닭들은 부리로 서로를 쫀다. 그래서 피를 흘리며 죽는 닭이 무수하다. 극심한 좌절에 빠진 닭이 서로를 공격하지 못하게 하려고 농부는 닭의 부리를 잘라 버린다. 그런 닭이 낳은 계란을 먹을 때 우리는 그 화와 좌절을 먹는 셈이 된다. 그 화를 먹으면 우리가 분노하게 되고 그 화를 표현하게 된다. 우리는 행복한 닭이 낳은 행복한 계란을 먹어야 한다.

이제는 행복한 닭이 낳은 행복한 계란은 더는 먹을 수 없게 된 것인가.

물질적 풍요를 누리는 삶임에도 불구하고 우리가 그토록 많은 분노와 화를 품고 사는 것은 어쩌면 당연한 결과일 것이다.

뿐일까, 풍요로운 노른자만큼 고단위의 추억이 담겨있는 계란은 언제부턴가 동경의 대상에서 경계의 대상으로 바뀌고 말았다. 높은 콜레스테롤과 고열량으로 중년의 금지목록이 되고 만 것이다.

오늘도 아침 밥상에 오른 계란을 물끄러미 바라본다. 아련한 어린 시절부터 가슴 속에 깊이 각인되었던 삶은 계란은 영원한 추억의 유실물 보관함이다.

둥글게 모나지 않게, 그러면서 너무 익지도 너무 설지도 않은 반숙이 제맛인 삶은, 계란이다.

으악새 슬피 우니 가을인가요

아버지를 만나러 가는 길은 늘 흙탕물이었다.

써레질하기 전 쟁기로 갈아 놓은 논이랑은 아버지 이마의 주름살 처럼 삐뚤거렸다. 탁류 같은 탁주가 든 주전자를 들고 논두렁에 서 있으면 시뻘건 황토가 범벅이 되어 바짓가랑이를 타고 올라왔다. 아 버지는 나를 보자마자 논둑길로 걸어 나와 노란 양은주전자 속 막걸 리를 연거푸 몇 잔 들이켰다. 그리고 가끔 내게도 권했다. 나는 달짝 지근한 막걸리를 받아 마셨다. 적당히 취기가 오르면 아버지는 소출 없는 가난한 농사일을 절대로 대물림해서는 안 된다고 힘주어 말하 곤 했다.

평생 농사일에 매달려 살다 돌아가신 아버지는 농사를 천직天職으 로 알면서도 자식에겐 절대로 물려주어서는 안 되는 천직賤職으로 아 셨던 것일까? 배운 게 없고, 가진 게 없어 농사를 짓는다는 자조 섞인 말끝에는 힘들고 고달픈 걸 알면서도 숙명처럼 받아들인 아버지의 가난한 삶이 어른거렸다.

하지만 당시 그 말뜻을 정확히 이해하기에는 난 너무 어렸다. 해가 설핏 기울면서 점점 붉게 물 들어가는 논이랑에서는 무논의 개구리들이 구슬프게 노래했다. 그럴 때는 바짓가랑이에 배어든 황톳물처럼 내 가슴에도 슬픔의 연한 빛깔이 배어들었고, 길게 늘어진 산 그림자에선 낯선 적막감이 느껴졌다. 그것은 마치 아버지의 고달픈 삶의 그림자 같았다.

아아~ 으악새 슬피 우니 가을인가요……
강물도 출렁출렁 목이 메입니다~

평소 집에서는 노래를 부르지 않으시던 아버지도 삶이 고단하고 일이 몸에 부칠 때면 술 한 잔 드시고는 이 노래를 즐겨 부르셨다. 그리고 큰 소리로 첫째부터 막내아들까지 자식들의 이름을 차례대로 부르셨다. 자기 이름이 호명되자마자 부리나케 도망쳐 버리는 형들 대신 막내인 내겐 꼭 당신의 양말을 벗기게 하셨다. 땀에 찌든 역한 냄새와 발 고린내 나는 양말은 내 코를 자극했다. 한 손으로는 코를 막은 채 또 한 손으로는 잘 벗겨지지 않는 양말을 벗기고 재빨리 도망치려는 날 붙잡아 앉힌 아버지는 그에 대한 보답이라며 또다시 노래를 불러 주셨다.

난 두 가지를 다 싫어했는데.

노란 샤쓰 입은~ 말 없는 그 사내가~ 어쩐지 나는 좋아…….

가끔 나는 아버지가 생전에 즐겨 부르시던 이 노래를 부른다. 지난밤, 나 역시 술 마시고 집에 들어와선 잠자는 아들놈을 깨워 아버지가 그랬듯이 양말을 벗기게 했다. 그리고 이 노래를 불러 주었다. 집사람은 온종일 학교로 학원으로 돌아다니며 공부하고 곤히 잠들어 있는 아이를 왜 못살게 구느냐고 핀잔을 주었다.

아들놈 역시 눈을 비비며 못마땅한 표정이었다. 옛날 내가 꼭 그랬듯이 두 가지 다 싫다고 기겁을 하더니 기어이 제 방으로 도망쳤다. 그리고선 문을 걸어 잠근 채 아무리 불러도 더는 대답이 없다. 닭 쫓던 개처럼 텅 빈 거실에 한동안 멍하니 앉았던 나는 베란다 쪽 먼 하늘만 쳐다보았다.

검은 하늘에 초롱거리는 달빛이 참 밝다. 주변의 하늘은 텅 비어 있다. 저 하늘처럼 내 마음도 비어 있다. 텅 빈 내 가슴을 채우려는 것일까, 어릴 적 추억을 간직한 듯한 별빛 하나가 내 가슴속으로 아련히 스며들었다.

그때 나는 왜 아버지 마음을 조금도 헤아리지 못하고 마음의 문을 꼭 걸어 잠그고 도망쳐 버렸던 것일까. 아버지의 발 냄새는 우리 4남매를 키우며 마음을 썩이고 몸을 태워나오는 냄새가 아니었을까.

또한 아버지의 노래는 애타는 가슴을 달래려는 처절한 몸부림이 아니었을까. 그런 생각에도 불구하고 내 마음은 후회와 자책보다는 아버지에 대한 그리움으로 꽉 차올랐다.

그리고 도망치는 아들놈의 뒷모습에서 이미 아버지가 되어있는 내 모습이, 또 이미 내가 되어있는 아들놈 모습이 겹쳐졌다. 나는 한없이 터져 나오는 씁쓸한 웃음을 억지로 참았다. 그랬더니 눈가에 조각달처럼 방울방울 이슬이 맺혔다. 그리고 그 조각달 속에서, 아들과 손자의 모습을 지켜보시고 지긋이 웃음 지으며 노래하고 계시는 아버지를 보았다.

아아~~ 으악새 슬피 우니 가을인가요…….

입영 풍속도

　의정부시 용현동 ○○보충대 정문 앞, 우리 동네는 매주 화요일
만 되면 온 동네가 시골장터처럼 떠들썩하다. 거리엔 젊은 남녀들로
활기가 넘치고 편의점, 식당, PC방 등 모든 가게들이 사람들로 꽉
찬다. 대부분 밝은 표정으로 연인이나 친구와 함께 대학로나 신촌
거리를 누비던 젊은이들 그대로의 모습이다. 예전처럼 까까머리 신
병의 모습도 보이지 않고 입영이 두려워 모자를 눌러쓰고 머리를 숙
인 풀죽은 모습은 어디에도 없다. 그저 재기발랄하고 당당한 모습의
젊은이들로만 넘쳐난다. 이별이 안타까워서 떨어질 줄 모르고 포옹
을 하고 있는 모습도 간혹 눈에 띄지만 눈물로 작별을 아쉬워하던
옛날에 비해 가벼운 포옹과 손을 흔들어주는 정도이다. 만남과 헤어
짐이 자유로운 세대에서 또 하나의 젊은 풍속도이리라.

지금과는 사뭇 다른 분위기의 입영 전 모습이 떠오른다. 중학교 여름방학 때의 일이다. 나는 여느 때처럼 친구 집을 찾아 거의 매일 출근도장을 찍는 중이었다. 그런데 가만히 눈치를 보니 친구 집의 분위기가 평소와는 조금 달랐다. 잔칫날도 아닌데 많은 친척들이 모여 있었던 것이다. 북적이는 사람들에도 불구하고 말없이 침묵만 흐르고 있었다. 어색한 침묵을 깨뜨린 사람은 친구 형이었다. 말끔히 차려입은 그는 정중하게 어머니께 하직인사를 드리고 있었다. 착잡한 표정의 형의 모습과 어느샌가 볼에 흐르는 눈물을 연신 훔치시는 어머니의 얼굴이 교차하고 있었다.

그 순간 갑자기 쩌렁쩌렁한 고함이 정적을 깨트렸다.

"야! 이놈아 군대 가는 놈의 복장이 그게 뭐시여."

몹시 상기된 얼굴로 언성을 높인 사람은 다름 아닌 친구 아버지였다. 당황한 형은 재빨리 자리를 피했고 잠시 후 낡은 양복에 다 떨어진 헌 운동화로 바꿔 신었다. 아무리 봐도 어색해 보였지만 형은 아무렇지도 않은 듯 그렇게 사립문을 나섰다.

몇 발짝 걷던 형이 내 친구인 동생을 불러서 귓속말로 속삭였다.

"아버지가 새 구두 신고 군대 간다고 저렇게 화가 나셨으니 내가 나간 후에 구두를 마을 앞 당산나무 아래에 몰래 갖다놓아라."

들릴 듯 말듯 한 형의 귓속말이 내 가슴에 큰 메아리 되어 오래도록 울렸다.

아들을 군에 보내는 서운한 날 친구 아버지는 왜 그렇게 역정을 내셨을까. 그 의문은 30년이 지난 지금까지도 내 마음에 남아있다. 나는 그날 마을 어르신들께 깍듯하게 인사를 드리고 무거운 발걸음을 재촉하던 형의 쓸쓸한 뒷모습을 아직 생생하게 기억하고 있다.

6·25 참전용사이신 나의 아버지는 군에 대한 애정이 남달랐다.

군대 애길할 때면 왼쪽 엉덩이에 남아있는 총상 흔적을 훈장처럼 보이며 그날의 충격이 되살아나는지 눈시울을 적시곤 했다. 두 아들을 모두 당신의 뜻대로 육군 장교로 임관시켜 직업군인의 길을 걷게 하셨다. 하지만 막내인 나는 어려서부터 워낙 약골인 데다가 두 분 형님이 다 군 생활을 하고 있을 때여서 그런지 나한테는 당신이 바라던 길을 강요하진 않았다. 어려서부터 병원을 자주 들락거리던 나는 그런 연유인지 자연스럽게 의과대학으로 진학하는 계기가 되었다.

나는 전문의 수련을 마치고 서른이 넘은 늦깎이로 군의관에 임관하게 되었다. 두 형님에 이어 막내아들까지 장교로 임관한다고 하자 아버지는 "너는 몸이 비실비실하여 걱정을 많이 했는데 당당히 장교로 임관한다니 이제 죽어도 여한이 없구나."라며 기뻐하셨다.

하지만 마지막 하루를 더 못 버티고 임관 하루 전날 고통의 끈을 놓고 말았다. 오래전부터 건강이 나빴던 아버지는 하루하루 힘든 투병생활을 하고 계셨던 것이다. 자신의 아픔보다 몸이 약한 아들을 걱정하며 마지막까지 버티셨던 것 같다. 아버지는 어떻게 마지막 눈을 감을 수 있었을까? 난 아버님의 임종도 지켜드리지 못하고, 임관식도 참석하지 못한 채 고향으로 달려가 대위 계급장과 장교복을 아버님 영전에 바쳐야했다. '우리 막내아들 장하구나.' 하는 듯한 영정 속 표정이 지금도 생생하다.

누구에게나 군 생활의 경험은 힘들고 어렵다. 하지만 인생에서 가장 중요한 시기에 소중한 추억으로 평생토록 간직할 값진 자산이 될 것이다. 늦은 나이에 군 생활을 시작한 나로서도 낯설고 힘든 일이 생길 때마다 아버지의 표정이 큰 격려로 작용하여 무사히 군 생활을 마칠 수 있었다.

지난 명절 나는 친구 형님을 만나서 내게는 너무나 생생한 그때 일을 물어보았다. 형님은 그 일을 어렴풋이 기억하고 웃었다. 이제 자기를 닮은 의젓한 아들이 둘씩이나 사관학교를 졸업하여 육군 장교로 복무 중이라고 했다. 틀림없이 둘 중 하나는 장군이 될 거라며 몹시 상기된 얼굴로 언성을 높이는 형의 얼굴을 한참 동안 바라보았다. 형님은 이제 초로의 모습으로 형님이 입대하기 전 역정을 내시던 늙은 아버지를 꼭 닮아 있었다.

아버지의 노래

난 타고난 음치다. 아버지를 닮았단다.

그래서일까, 나는 어려서부터 노래 공포증이 있었다. 초등학교 시절 소풍 가서는 노래 부르기가 싫어서 재미있는 보물찾기 놀이를 일부러 회피했고, 중고 시절의 음악 시간과 대학 동아리 활동 때 역시 죄인이라도 된 것처럼 도망 다니기 일쑤였다.

사회생활을 시작한 뒤에도 마찬가지였다. 회식자리에서는 꼭 정해진 순번에 따라 노래해야 하고, 한창 무르익은 분위기를 깨뜨리지 않기 위해서 한번 시작한 노래는 끝까지 불러야 했다. 그때마다 음정 박자 완전히 무시한 채 고래고래 괴성을 질러 대는 건 본인은 물론 들어주어야 하는 사람의 입장에서도 참 못 할 노릇이었을 것이다. 그 노력이 가상해 박수가 커지면 앙코르까지 불러야 하지 않았던가. 가무를 즐기는 우리 사회에서 노래를 잘 못 한다는 건 참 고

역스러운 일이기도 하다. 언젠가 모 방송국 인기 개그 프로 〈고음불가〉 코너에 많은 사람이 열광한 것도 바로 그런 동병상련의 마음 때문이었으리라. 요새는 노래방이 있어 그나마 다행이지만 직접 노래를 불러야 할 자리가 있으면 여전히 마음이 편치는 않다.

지난밤, 거나하게 취한 고향 친구 몇 명과 함께 노래방에 들렀다. 어쩌다 술 한잔 하고 노래방에 들르면 희한하게 성량도 풍부해지고 박자도 잘 맞아 평소보다 오히려 더 높은 점수를 받는 경우도 종종 있다. 지난밤의 기억도 별반 다르지 않았다. 조용하게 시작되었던 분위기는 술기운과 함께 점차 흥을 더해가면서 마치 초등학교 운동회로 돌아간 듯했다. 휘날리는 만국기처럼 서로 어깨동무를 하고 응원가를 부르듯 목청을 돋우었다. 현란한 무대 조명장치와 흥이 난 탬버린 소리까지 더해지자 실제로 노래하는 사람의 목소리는 온데간데없고 조명등만 홀로 춤추고 있었다. 음료수병에 숟가락을 꽂아 만든 임시 마이크는 이미 내 손을 떠나버린 지 오래였고, 만취한 친구의 이마에선 넥타이가 태극기처럼 힘차게 휘날리고 있었다. 시골 초등학교의 운동장처럼 언뜻언뜻 비추는 고향의 모습이 어느샌가 친구의 얼굴에 가득 펼쳐져 있다.

나는 야광별이 반짝이는 노래방 천정을 물끄러미 바라보았다. 유난히 반짝이는 별 하나가 나를 쳐다보며 미소 지었다. 나는 그 별을 향해 목청껏 노래 불렀다. 하지만 아무리 볼륨을 높여 고함을 질러도 텅 빈 마음의 곳간을 채울 수가 없다. 온 몸짓을 다 해 털어 내려 해도 가슴 한쪽에 또렷이 남아있는 그리움을 모두 다 털어 낼 순 없다. 아니 목청을 높일수록 점점 더 큰 부메랑이 되어 내 귓가를 맴돌았다. 시끄러운 음악에 묻혀 분명하진 않지만 나를 향해 속삭이는 소리가 귓바퀴를 적시고 있었다. 나는 그 소리를 좇아 잠시 밖으로 나와 휴대폰 액정화면을 확인했다. 역시. 아무 번호도 찍혀있지 않다.

나 하나의 고운 별을 찾기 위해 무던히 애썼던 시절이 나에게도 있었다. 마당의 평상에 누워 모깃불에 매운 눈물을 그렁거리며 별을 찾는 나에게 아버지는 팔베개를 해주시며 일러주었다. 저 별은 엄마별, 저 별은 아빠별 그리고 그 사이에 반짝이는 별이 나의 별이라고. 그러면 나는 그 별을 잊지 않으려고 지난밤에 누웠던 평상의 꼭 그 자리를 또 얼마나 고집했던가.

하지만 오늘 밤 그 별을 다시 되찾을 길은 없다. 이제 더는 내게 속삭이는 소리도 들려오지 않는다. 나는 이미 결번이 되어버렸지만 아직도 생생하게 기억나는 아버지의 전화번호를 눌렀다. 몇 번이고 누르고 또 눌렀다. 뚜~ 뚜~ 뚜~ 아무런 응답이 없다. 나는 가만히 휴대폰을 닫았다. 현란하게 반짝이는 노래방 조명등 아래로 돌아와 다시 마이크를 잡았다.

노오란 샤쓰 입은 말 없는 그 사내가

어쩐지 나는 좋아 어쩐지 맘에 들어
미남은 아니지만 씩씩한 생김생김
그이가 나는 좋아 어쩐지 맘에 쏠려

구멍이 숭숭 뚫린 누런 러닝셔츠처럼 아버지는 흥이 많았다. 노래
방이 없던 시절, 아버지는 이 노래를 자주 흥얼거렸다. 이제 아버지
의 나이가 되고 나서부터는 나도 가끔 따라 부르는 노래. 생전의 아
버지가 그랬듯이 여태껏 한 번도 끝까지 불러보진 않았지만, 그날만
큼은 아랑곳하지 않고 마지막까지 불러 제쳤다. 음정 박자가 제대로
될 리 없는 흘러간 노래를 갑자기 부르자 친구들이 의아해 하는 눈
치였다.

어느 여름날의 고달팠던 아버지처럼 목이 쉰 채로 자리로 돌아온
나는 또 다른 추억의 노래를 찾아 노래집을 뒤적이고 있었다.

으악새 슬피 우니 가을인가요

245

어머니의 매

어. 머. 니.

이 세 마디 글자가 나에게는 눈물과도 같습니다.

어머니, 하고 부르자 목울대가 뜨거워져 더는 한 줄도 이어갈 수 없습니다.

당신과 나의 연緣이 탯줄로 시작되었다면 당신과 나의 인연의 끝은 눈물로 마무리 지었습니다. 당신이 왕처럼 떠받들었던 나는 당신이 마지막 가시던 날, 비로소 눈물의 왕이 되었습니다. 살아서 불효자는 죽어서도 효자 못 된다더니 당신 보고 싶을 때마다 달려가서 당신 품에 안기고 싶어도 늘 마음뿐입니다. 이미 오래전 떠나버린 남녘 고향으로 당신을 찾아가는 길은 또 얼마나 멀고 멀던 지요. 당신이 너무 그리워지는 어느 순간, 천 리 밖의 당신에게 달려가면 당신은 언제나 환한 미소로 나를 부르십니다.

"연대야 연수야 연숙아 연종아."

막내 놈 부른다는 게 큰아들부터 차례대로 다 불러놓고 멋쩍어 하면서도 껄껄 웃고 계시는 어머니. 당신의 모습은 이토록 생생한데 세월은 한 치의 망설임도 없이 그렇게 흘러갑니다.

어머니. 그렇게 당신이 우리 곁을 떠나신 지 벌써 십수 년. 당신이 이승을 작별하시던 그 날마저도 당신이 그림자처럼 추종하던 아버님의 기일이고 보면 당신의 생이란 게 따로 있기나 하였는지.

지난 기일에는 당신 슬하의 3남 1녀의 형제들이 모였습니다.

그동안 한 번도 거르지 않고 제사에 참석하던 숙부님이 고령으로 거동이 불편해 함께 하지 못하셨지요. 늘 제사에 앞장서서 축문을 낭독하고 지방을 불사르던 숙부님 없이 제사를 모시려니 적잖이 당황스럽기도 했습니다.

인터넷을 검색하고 설명하는 대로 정성스레 젯상을 차렸습니다. 3대 장손의 며느리로 엄숙한 분위기의 제사를 워낙 많이 모셨던 당신 앞이라 혹시 실수하지 않을까 노심초사하면서요. 축문 대신 자식들과 손자녀들에 대한 근황을 말씀드리고 각자의 소원을 빌고, 그리고 음복했습니다. 서툴렀지만 처음으로 형제들끼리 당신을 기릴 수 있다는 편안함도 있었습니다. 그래서 이번 기일은 오롯이 당신에 대한 그리움이 더욱 차올랐는지도 모르겠습니다.

제수 음식을 나누면서 격식에 얽매이지 않고 당신에 대한 기억들을 더 많이 나눌 수 있었습니다. 술잔 부딪치는 소리와 웃음소리가 끊이지 않아 경건한 제사라기보다는 오히려 축제 분위기였습니다. 하지만 그처럼 화기애애한 분위기 속에서도 나는 당신에 대한 지워지지 않는 어느 기억으로 남몰래 울컥 눈물을 쏟고야 말았습니다. 40여 년 지난 일이 그처럼 생생하게, 마치 엊그제 일처럼 또렷하게 떠오르다니요. 평생에 걸쳐 딱 한 번 당신에게 맞은 기억입니다.

하필 어린이날이었습니다.

장난감을 사달라고 계속 조르다가 여의치 않자 심술을 부렸지요. 넉넉지 않은 집안 형편을 잘 알고 있던 나는 평소에는 잘 조르지 않았는데 그날은 특별한 날이어서 생각이 달라졌는지도 모르겠습니다. 아무리 달래도 계속 졸라대는 나에게 당신은 처음으로 매를 들었습니다. 당신은 정말 화가 많이 난 표정이었습니다.

난생처음 당신에게 맞은 나는 너무 놀란 나머지, 당신 치맛자락을 붙들고 다리에 매달려 엉엉 울고 말았습니다. 치맛자락에 매달려 우는 모습을 한참 바라보던 당신은 나를 등에 업었습니다. 그렇게 나를 등에 업고 당신은 어디론가 걷기 시작했습니다.

오랫동안 아무 말 없이 걷던 당신은 어느 순간부터 흐느끼기 시작했습니다. 당신 등에 업힌 나에게도 당신의 흐느낌이 등의 떨림으로 그대로 전해졌습니다. 울음 섞인 당신의 목소리도 간간이 들렸습니다.

미안하다, 미안하다, 미안하다…….

당신은 등에 업힌 나에게 미안하다는 말을 수없이 되풀이하면서 온종일 걷고 또 걸었습니다. 그 이후로는 단 한 번도 매를 들거나 큰 소리 내는 당신을 보지 못했습니다. 어려운 형편으로 장난감 하나 사주지 못한 당신 가슴에 대못을 박았던 철없는 막내아들은 오래도록 그날의 당신을 잊을 수 없습니다. 그때 난 당신의 속 그늘을 알지 못했습니다. 가난 때문에 받았던 멸시와 눈가에 글썽이던 눈물의 의미를 잘 몰랐습니다.

언젠가 부엌에서 눈물을 펑펑 쏟으며 울고 있는 당신한테 왜 우느냐고 따지듯이 묻자 당신은 생솔가지로 군불을 때다 보니 자꾸 눈물이 난다고 말했습니다. 나는 그 말을 곧이곧대로 믿고 장작개비를 당신 앞에 내어놓자 비로소 당신이 쓸쓸한 미소를 지으셨습니다.

쉰 고개를 넘어선 지금도 마치 당신의 등에 업혀있는 것처럼, 당신의 흐느낌을 듣고 있습니다. 그렇게 해마다 기일이 되면 가슴앓이처럼 당신을 앓습니다. 하지만 이제 더는 눈물이 나지 않습니다. 세월에 부대껴 글썽이던 가슴이 마른 장작처럼 바싹 메말라버렸습니다. 그럴수록 자꾸만 당신의 매가 그립습니다.

당신이 주신 사랑의 매를 맞고 생솔가지처럼 실컷 울어 보고 싶기 때문입니다.

의사의 삶과 시인의 꿈 사이에서

이 승 하(시인 · 중앙대 교수)

　김연종 시인과의 인연이 10년 넘게 이어지고 있다. 2004년 늦가을, 제6회 『문학과 경계』 신인상 심사의 자리에 참석했던 나는 오세영 선생님과 최종심 대상 작품을 놓고 논의를 한참 동안 했다. 5명이 쓴 후보작에 대해서는 몇 마디씩 불만을 토로했지만 한 사람의 작품에 대해서는 "이 정도면" 하고 고개를 끄덕였다. 이 10편의 시를 '당선작'으로 짐작하고는 여러 차례 읽어보았다. 당선작 결정은 금방 이루어졌다. 타의 추종을 불허했으므로 이후의 일은 일사천리로 전개되었다.

　「극락강역極樂江驛」 외 9편을 투고한 김연종 씨를 당선자로 정했다. 시인은 언어를 취사선택하여 적절히 안배하는 사람이기에 언어의 연금술사라고 일컫는다. 그런 점에서 당선자는 시가 어떻게 만들어지는 것인가를 알고 있다. 시란 감정의 질석적인 토로도 아니요, 내가 겪은 일을 일장 설명하는 것도 아니다. 최소한도로 간추린 말로써 설득력을 발휘해야 좋은 시인데, 당선자는 그 비법을 알고 있다. 관념에 의지하지 않고 실체험에서 우러난 시적 진술이 솔직 담백하여 오히려 힘을 발휘하고 있다. 세상살이의 신산함이 잘 나타나 있고 그것을 포용하는 정신도 만만한 수준이 아니다. 율격이 좀 더 실리면 더욱 좋은 시를 쓸 수 있을 것이다.

이런 심사평을 썼었는데 시상식장에서 만난 시인이 현직의사라고 해서 깜짝 놀랐다. 의정부시에서 내과를 개원하고 있는 의사인데 틈틈이 시를 써 투고했다고 말하는 것이었다. 그는 훗날 시집 『극락강역』과 『히스테리증 히포크라테스』를 펴내기에 이른다. 아마도 진료 시간이 끝나 간호사들도 귀가한 시간에, 그는 흰 가운을 입은 상태로 컴퓨터의 새 창을 열어 시를 쓰고 또 썼을 것이다. 그와의 인연은 『극락강역』 표4의 글을 쓰는 것으로 이어진다.

김연종 시인은 시방 메스를 들고 있다. 수술 솜씨가 여간 진지하고 노련하지 않다. 시인은 현대를 해부하여 문명이라는 장기를 꺼낸다. 아, 문명의 상태가 심각하다. 시인은 역설과 풍자, 위트와 반어라는 네 가지 기술로 곪은 문명을 치료하여 멋지게 봉합한다. 시인은 또한 이 네 가지 기술로 수술실의 팽팽한 긴장감을 녹일 줄 안다. 시인의 손에서는 시방 피가 뚝뚝 떨어지고 있지만 그의 얼굴에서도 독자의 얼굴에서도 미소가 번진다. 수술이 성공적으로 끝난 것이다.

시인과 맺은 이 두 번의 인연은 김연종 의사가 총무로 있는 한국

의사시인회의 정기총회를 겸한 문학특강의 자리에 초대를 받아서 가는 인연으로 이어진다. 의사시인들에게 '재소자들과 시를 이야기하다'란 주제로 몇 말씀을 드렸다. 영혼에 큰 상처를 입고 있는 이들을 돌보기 위해 몇몇 교도소를 교정위원으로 들락거린 체험을 바탕으로, 그분들이 쓴 시를 들려드리며 한 시간 가까이 강연을 했다. 의사 선생님들은 몸과 마음의 아픔을 치료하지만 나는 교도소에서 마음의 병이 깊어지고 있는 이들과 만나 왔다는 점에서 동질성이 있다고 느껴졌다. 또한 의사이면서 시를 쓰는 분들 앞에서 재소자이면서 시를 쓰는 이들을 얘기해 드리니 많이 호응해주는 것이었다.

한국의사시인회의 두 번째 사화집『환자가 경전이다』에서는 김연종 시인의 시에 대해 "현대인들이 공통적으로 조금씩 앓고 있는 신경정신적인 질환에 대해 관심이 많다."고 운을 뗀 뒤에 3편의 시를 부분 인용하였고 이어서 다음과 같이 평가하였다.

스트레스는 만병의 근원이라 하는데 현대인 가운데 스트레스 안 받고 살아가는 사람은 거의 없다. 우리 주변에 건망증, 현기증, 편두통, 불면증, 강박증, 약간의 우울증을 전혀 인지하지 않고 살아가는 사람이 있는가? 본인은 고통스러워하는데 병원에 가면 병이 아니라고 하는 경우도 있다. 시인은 "치료를 포기한 의사의 위로 한마디에 다시 용기를 얻었나요" 하면서 현대인의 만성적 정신질환의 양상을 하나하나 기록하고 있다. 처방전을 쓰는 대신 원인 분석에 나선 이가 김연종 시인이다.

의사이면서 시인으로의 자신의 장점을 십분 발휘하는 시를 쓰고 있어서 상찬의 말을 아끼지 않았다. 앞으로 김연종 시인은 마종기 시인이나 허만하 시인처럼 의사시인의 특징을 계속 발휘한다면 시사에 길이 남을 중요한 시인으로 자리매김 될 것이다.

　두 번째 사화집이 나왔을 때는 출판기념회에 초대받아 가서 의사 시인 선생님들과 즐거운 시간을 함께하고 왔다. 지난 세월을 돌이켜 보니 김연종 시인과는 이런 길고 질긴 인연의 끈을 서로 놓지 않고 있었던 것이다.

　최근에 원고 뭉치를 하나 보내왔다. 산문집을 내게 되었으니 발문의 글을 가볍고 짧게 써달라는 것이 아닌가. 나는 이 제안에 흔쾌히 응하였다. 왜? 내가 등단을 시킨 시인이니 그는 나의 제자와 마찬가지고, 제자가 펜을 놓는 날까지 잘 돌보아야 한다는 스승으로서의 의무감을 종내 떨쳐버릴 수 없었기 때문이다.

　산문집은 「신출내기」라는 에세이로부터 출발한다. 인턴 시절, "이제 수술이 잘되었으니 5년은 너끈히 사실 겁니다."라는 말을 무심코 했다가 큰 곤욕을 치른 에피소드로가 첫 번째 이야기다. 신출내기 인턴은 같은 환자에게 항암제를 잘못 놓았다가 봉변을 당하지만 결국 그 환자는 김연종 인턴의 말을 염두에 두고 열심히 병과 싸운다. 인턴 과정을 마칠 즈음에 다시 만나서 두 사람이 대화를 나누게 되는데, 그 광경이 참으로 아름답고 감동적이다.

　이 산문집에는 이와 같이 의사 선생님으로서 병원 안팎에서 겪는 이야기가 중심축을 이루고 있다. 근년에 들어 의학드라마가 텔레비전에 종종 방영되는데, 이런 드라마들이 얼마나 의료계 현실을 사실적으로 다루고 있는지, 작자는 심히 회의적이다. 의사는 오진도 치명타이지만 의료분쟁에 수시로 휘말리고, 개인의사는 병원 유지도 수월치 않다.

의사라는 직업은 자격증을 취득하는 과정도 길고 험난하지만, 의사가 된 이후에도 첩첩산중을 넘고 만경창파를 건너야 한다는 것을 그의 편편의 글을 읽으며 확인하였다. 오늘날에는 의료 환경도 많이 변하여서 개인 병원은 유지하기가 어렵다는 의사들이 많은데, 김연종 원장은 일상에 매몰되지 않고 어언 10년 넘게 시심을 유지해 오고 있는 시인이다.

시인은 젊었던 시절, 소록도에 의료봉사사업을 나가서 겪었던 일을 뼈아프게 반추하고 있다. 나환자 노파가 뭉툭한 조막손을 건네와 억지로 잡기는 잡았는데 그는 "나도 모르게 몸을 움찔거리며 손끝을 빼고" 말았을 뿐 아니라 비누로 손을 씻고 또 씻으며 마음속 불안을 떨어내려 한다. 의사인 자신이 환자에게 편견을 갖고 대한 이 일을 평생 마음 깊이 기억하며 떠올려보곤 하는 것은 결국 김연종 시인의 의사로서의 양심 때문이 아니고 무엇이겠는가. 그는 이태석 신부의 일대기를 그린 영화 〈울지 마 톤즈〉를 보고는 지난날을 깊이 반성하면서 의사로서의 사명에 대해 다시 한 번 생각해본다. 이태석 신부는 신부이면서 아프리카 오지의 사람들에게 성심성의껏 의술을 베푼 참된 의사였다.

수필이란 것은 참 묘한 매력이 있다. 우리 사회에 대한 작가의 성찰과 반성을 엿볼 수 있고 자기 고백이나 독백을 들을 수도 있다. 아내에게 때늦은 사랑 고백도 할 수 있고, 바둑돌만 잡으면 전투적이 되는 아내에 대해 투정 어린 원망도 해볼 수 있다. 한 해 선배 강용주(구미유학생 간첩단 사건의 주모자)를 위해 뒤늦게나마 변호의 말을 해줄 수 있고 광주항쟁 이후의 대표적인 희생자 박관현의 소중한 인간 기록도 살펴볼 수 있다.

시인의 과거지사와 일상사가 이와 같이 차분하게 펼쳐지는데, 모든 글의 궁극적인 주제는 생명을 가진 것들에 대한 연민의 정이다. 시인은 인터넷 자살 사이트를 통해 알게 된 사람들의 동반자살 기사를 읽고 경악해 마지않으며, 구제역 감염 가축들의 집단 폐사(생매장)를 소재로 한 시를 읽고 애통해 한다. 고등학교 때의 외우 종연이의 사망 소식을 듣고 가슴 아파하기도 하고, 처 할머니의 부고를 듣고 회한에 사로잡히기도 한다. 토끼 키우는 일의 어려움을 절감하기도 한다.

아무튼 김연종 씨는 인간을 비롯한 뭇 생명체의 생로병사에 대해 남들보다 훨씬 골똘하게 생각한다. 타인의 죽음 앞에서는 가슴을 쓸어내리고, 모든 생명체가 하나밖에 갖고 있지 않은 목숨을 귀하게 여긴다. 이런 사람이야말로 의사가 되어야 하는데 다행히 김연종 씨는 의사가 되었다.

뭇 생명체들을 측은지심을 갖고 대하는 또 한 부류의 인간이 있다. 바로 시인이다. 생로병사의 실상을 잘 살펴보며 깊이 느끼고 섬세하게 묘사하는 이들이 시인일진대 김연종 씨는 시인이 되었다. 자신의 과거지사와 일상의 애환을 솔직담백하게 표현할 줄 아는 이들이 수필가들인데 이제 김연종 씨는 산문집을 내려고 한다.

독자는 김연종 씨의 수필을 읽으면서 시를 통해서는 잘 몰랐던 시인의 삶과 꿈을 알게 될 것이다. 과거와 현재를 알게 될 것이다. 일상과 생각을 알게 될 것이다. 인생관과 세계관을 알게 될 것이다. 그럼으로써 의사 김연종이 아니라 인간 김연종을 느끼게 될 것이다. 나 또한 이 산문집을 읽으며 흰 가운에 가려 잘 보이지 않던 시인의 내면세계와 성장기의 이모저모를 제법 소상히 알게 되었다.

독자들은 이 산문집을 읽으면서 시인 김연종을 더욱 사랑하게 될 것이고, 의사 김연종을 더욱 존경하게 될 것이다. 글을 다 읽고 나서 느낀 점은 김연종 씨는 아픈 사람의 몸을 낫게 하는 의사가 천직이라는 것이다. 그런데 이 지상에는 인간세상의 희로애락을 언어로써 다루는 시인이라는 천형에 걸린 사람들이 있다.

이 두 갈래 길을 함께 걸어가는 김연종 씨의 앞날에 문운이 더욱 활짝 열리기를 바란다. 세 번째 시집도 나올 때가 된 것 같은데, 출간될 날이 기다려진다. 아무쪼록 시인 겸 수필가로서 김연종 씨는 지금까지보다 훨씬 많은 불면의 밤들을 보내야 할 것이다. 그런 밤에 쓸 시와 산문들 앞에 기대와 격려를 보낸다.